JN113048

二つの旅 いくつもの人生

レイチェル・カスク
榎本義子＝訳

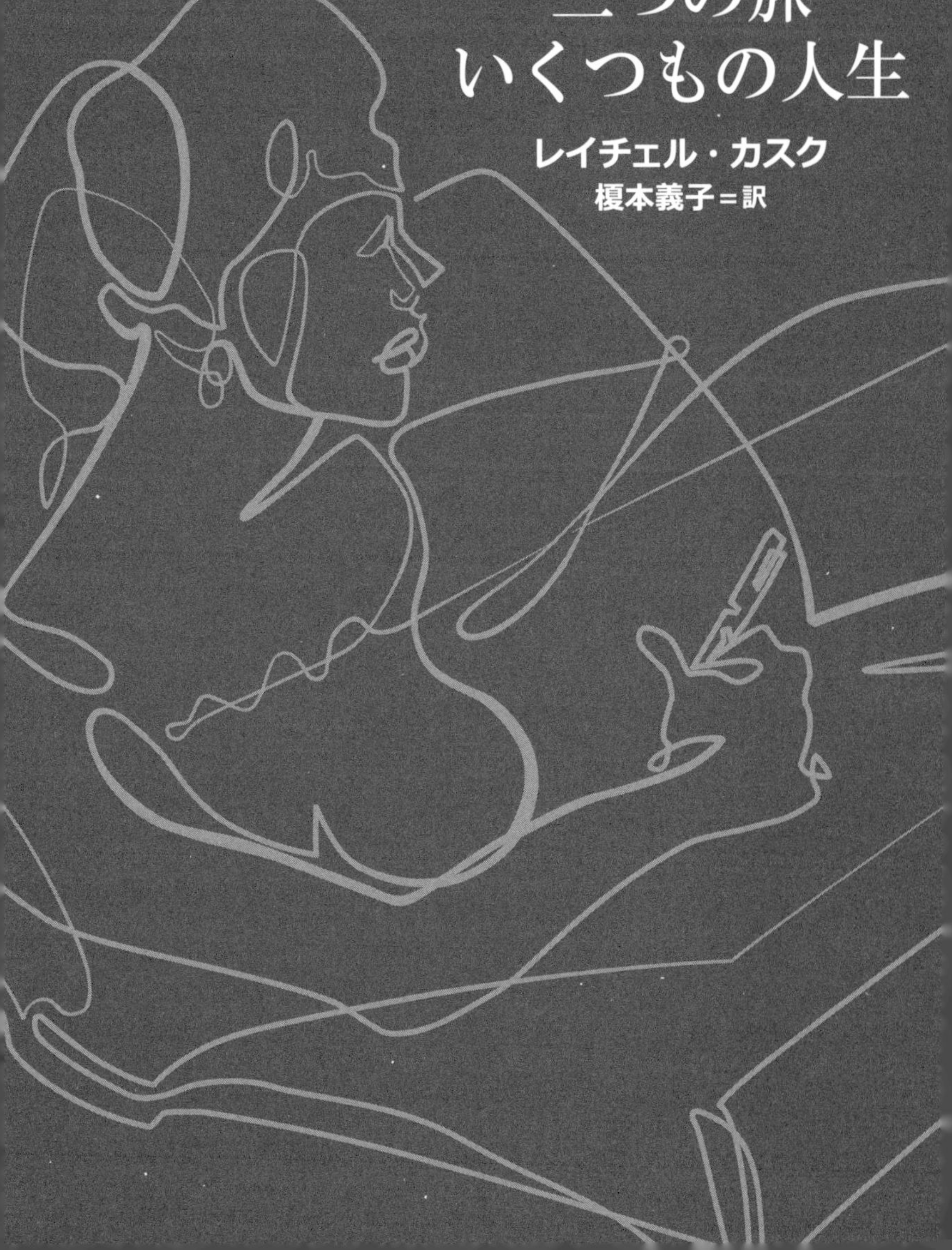

KUDOS

Rachel Cusk

二つの旅　いくつもの人生

KUDOS

by Rachel Cusk

彼女は立ち上がって、行ってしまった
彼女はすべきではなかったか？　何をすべきではなかったか？
立ち上がって、行ってしまうことを。

そうだ、彼女はそうすべきだった、と私は思う
何故なら暗くなってきたから。

どうなる？　暗くなる、ええと
それでもまだ少し
彼女が行ってしまった時、まだ明かりが残っていた
行く先が見えるほど十分な。
そして、それは彼女ができた最後の時だった……
できる？　……立ち上がって、行ってしまうことが。

それは最後の時だった、まさに最後の時だった
その後もう彼女はできなかった
もう立ち上がって、行ってしまうことが。

「彼女は立ち上がって、行ってしまった」スティーヴィー・スミス

二つの旅　いくつもの人生

【目　次】

第一部

飛行機で私の隣の男性は非常に背が高かったので、席に収まりきらなかった。彼の肘は肘掛から突き出し、膝は前の席に押しあてられていたので、彼が動く度に、その席の人はイライラして見まわした。男性は体をねじり、脚を組んだり、元に戻したりしようとして、右側の人を不注意に蹴った。

「失礼」と彼は言った。

彼は数分動かずにじっと座って、膝の上で手を固く組んで深く息をしていたが、間もなく彼は落ち着かなくなって、また足を動かそうとしたので、彼の前の席の全列が前後に激しく揺れた。私の席は通路側だったので、とうとう私は彼に席を変えたいかと尋ね、まるで私が仕事の機会を提供したかのように、彼は即座に申し出を承諾した。

「普通、私はビジネス・クラスで旅をするのです」と彼は私たちが立ち上がって席を変わる時に説明した。「脚を伸ばせる空間がもっとあります」

彼は通路に体を伸ばし、ほっとして頭を席の後ろにもたせかけた。

「どうもありがとうございます」と彼は言った。

飛行機はタールマック舗装の道をゆっくりと動き始めた。

私の隣の人は満足したようにため息をつき、ほとんど直ぐに眠ってしまったようだった。客室乗務員が通路にやって来て、彼の足元で立ち止まった。

「お客様？」と彼女は言った。「お客様？」

彼はぐいと体を引いて目を覚まし、彼女が通れるように、前の狭い空間に不器用に体をすぼめて入れた。飛行機は数分止まり、それからよろめくように進み、また止まった。窓から前に離陸の番を待っている飛行機の列が見えた。男性の頭はこっくりし始め、直ぐに脚は通路にまた広げられた。客室乗務員が戻って来た。

「お客様？」と彼女は言った。「離陸のために通路をあけておかなければなりません」

彼はきちんと座った。

「失礼」と彼は言った。

彼女は立ち去り、そして間もなく、彼の頭はまたこっくりし始めた。外では、靄が平らな灰色の風景の上にかかっていたので、それはとても微妙に変化する水平の帯となってどんよりとした空と混ざり合うように思われ、ほとんど海に似ていた。前の席では、女性と男性が話をしていた。とても悲しいわ、と女性が言い、それに応えて、男性はぶつぶつ言った。それは本当に悲しい、と女性が繰り返した。絨毯を敷いた通路を歩く足音が聞こえ、客室乗務員がまた現れた。彼女は手を私の隣の人の肩に置き、揺すった。

「あなたの脚が邪魔にならないようにお願いしなければならないでしょう」と彼女は言った。

「失礼」と男性は言った。「私は目を覚ましていられないようです」

「目を覚ましているようにお願いしなければならないでしょう」と彼女は言った。

「実際、昨夜は床に入らなかったのです」と彼が言った。

「それは私に関係ありません」と彼女は言った。「あなたは通路をふさぐことで、他の乗客の方を危険にさらしているのです」

彼は顔をこすって、自分の席で座りなおした。彼は携帯電話を取り出し、チェックして、ポケットに戻した。客室乗務員は彼を眺めながら待っていた。やっと彼が本当に自分の言うことに従ったのに満足したかのように、彼女は立ち去った。彼は頭を振り、まるで見えない聴衆に向かってするかのように、理解できないというような動作をした。彼は四十代で、ハンサムで非の打ちどころのない顔をして、背の高い体は、清潔できちんとアイロンが掛けられたビジネスマンの週末の服で覆われていた。彼は腕に大きな銀の時計を付け、足には新しく見える革靴を履いていた。彼は制服を着た兵士のように、特徴のない少し暫定的な男らしさの雰囲気を醸し出していた。今では、飛行機はためらうように列を進み、ゆっくりと滑走路の方へ広い弧を描いて向かっていた。霞は雨に変わり、小滴が窓ガラスを滴った。男性はひどく疲れたような眼差しできらりと光る滑走路を見た。エンジンのやかましい音がして、飛行機はやっと上昇し、それから厚い固まった雲の層の間を傾き、ガタガタという音を立てて上って行った。しばらくの間、私たちの下の塊のような家々と寄り集まった木々のあるくすんだ緑の草原の広がりが、灰色の中に点在する裂け目を通して目に入り、それから見えなくなった。男性はまた深くため息をつき、数分でまた眠ってしまい、頭が胸にだらりと垂れた。機内の照明が明滅して、活動する音が始まった。間もなく、客室乗務員が私たちの列に来たが、そこでは眠っている男性がまた通路に脚を伸ばしていた。

「お客様？」と彼女は言った。「失礼ですが？　お客様？」

彼は頭を上げて、当惑したように見回した。客室乗務員がワゴン車を押して、そこに立っているのを見ると、彼女が通れるように、彼はゆっくりと努力して脚を引っ込めた。彼女は口をすぼめ、眉毛を弓型に曲げて、眺めていた。

「ありがとうございます」と彼女はほとんど隠さない皮肉を込めて言った。

「私の責任ではありません」と彼は客室乗務員に言った。

彼女の化粧した目が少しの間彼にそそがれた。その表情は冷たかった。

「私は自分の仕事をしているだけです」と彼女は言った。

「それはわかっています」と彼は言った。「でも、座席がぴったりつき過ぎているのは私の責任ではありません」

沈黙があり、その間二人はお互いを見合った。

「そのことは航空会社に相談しなければならないでしょう」と彼女は言った。

「私はあなたに相談しているのです」と彼は言った。

彼女は腕を組んで、顎を上げた。

「たいてい私はビジネス・クラスで旅行します」と彼は言った。「だから、普通それは問題ではないのです」

「私たちはこのフライトではビジネス・クラスは提供しません」と彼女は言った。「でも、そうする航空会社は他にたくさんあります」

「それでは、私は他社の飛行機で旅行するべきだというのがあなたの提案ですか」と彼は言った。

「その通りです」と彼女は言った。

「素晴らしい」と彼は言った。「ありがとうございます」

彼は去って行く彼女の後姿に向かって不機嫌に大声で笑った。間違って舞台に出てきた人のように、しばらくの間彼は人目を気にするように微笑み続け、それから、明らかに人目にさらされたという感情を隠すために、彼は私の方を向いて、私のヨーロッパへの旅の理由を尋ねた。

私は作家で、文学の催しで話をするために行く途中である、と言った。

直ぐに彼の顔には丁重な興味のある表情が浮かんだ。

「私の妻は大変な読書家です」と彼は言った。「彼女は読書会に入っています」

沈黙が流れた。

「どのようなものをお書きになるのですか?」としばらくしてから彼は言った。

説明するのは難しい、と私が言うと、彼は頷いた。彼は指で腿を叩き、絨毯の敷かれた床を靴で叩いてとりとめのないリズムをとった。彼は左右に首を振り、指で頭皮を強くこすった。

「話していないと」と彼はようやく言った。「私はまた眠ってしまうでしょう」

彼は個人的な感情を犠牲にして問題を解くことに慣れているかのように、彼は現実的にそう言ったが、私が向きを変えて彼を見ると、彼の顔には訴えるような表情があるのを見て私は驚いた。彼の目は黄色い白目で赤く縁どられ、きちんと刈った髪は彼がこすったところが逆立っていた。

「明らかに彼らは離陸の前に機内の酸素のレベルを下げて、人々を眠くするのです」と彼は言った。「だから、そうなっても、不平を言うべきではないのです。私には飛行機を操縦する友達がいます」と彼は付け加えた。「彼が私にそのことを話してくれた人です」

この友達について不思議なことは、飛行機の操縦という仕事をしているのに、彼は熱狂的な環境保護主義者であることだ、と彼は続けた。彼はとても小さい電気自動車を運転し、彼の家はまったく太陽電池板と風車で運営されていた。

「彼がディナーに私の家に来ると」と彼は言った。「他の人がみんなほろ酔い気分で食べ物の包装や空き箱を分類している時に、彼はリサイクルの容器の傍にいるでしょう。彼が考える休暇は、持ち物をウェールズの山の斜面に持って行き、雨の中でテントの中に座って、羊に話をするというものです」

だが、この同じ男性が定期的に制服を着て、五十トンの煙を吹きだす乗り物の操縦席に上り、酔った行楽客をカナリア諸島に飛行機で運ぶのだった。もっと良くないルートを考えるのは難しかったが、彼の友達はそのルートを何年も飛んでいた。彼は厳しく節約する格安航空会社で働き、明らかに乗客は動物園の動物のように振る舞った。彼は色白の乗客を連れて行き、茶褐色になった彼らを連れ戻した。友達の仲間のうちでは誰よりも稼ぎが少なかったが、彼は収入の半分を慈善に寄付した。

「要するに」と彼は当惑したように言った。「彼は本当に良い奴なのです。私は彼を何年も知っていますが、彼が良くなればなるほど、物事は悪くなるように思われます。彼はかつて私に言いました」と彼は言った。「操縦席には機内で起こっていることが見られるスクリーンがあると。乗客が振る舞う様子を見るのは気の滅入ることだったので、最初、彼はそれを見ることに耐えられなかった、と彼は言いました。でもしばらくすると、彼は見ることに取りつかれ始めたのでした。彼は何百時間もそれを眺めました。それは少し瞑想のようだ、と彼は言っています。そうであっても」と彼は言った。「私はその世界で働くことに耐えられないでしょう。私が引退した時にした最初のことは、特定航空会社利用客のカードを切り刻むことでした。そういうものには二度と乗らないと私は誓ったのです」

彼は引退するには若すぎるように思われる、と私は言った。

「私は私のコンピューターに『自由』というスプレッドシートを入れておきました」と彼はにっこり笑いながら言った。「それは基本的に結局ある数になる数字の列でしたが、そうなった時に、私は仕事を離れることができたのです」

彼は国際的な経営会社の重役で、それは絶えず家から離れる必要がある仕事だった。例えば、二週間の間に彼がアジア、北アメリカ、オーストラリアを訪れることはよくあることだった。彼はかつて会議のために南アフリカに飛び、会議が終わると直ぐにまた飛行機で戻った。数回、彼と妻は彼らがいる二つの場所の中間点を苦労して見つけ、それからそこで二人は休暇で会った。一度会社のオーストラレーシアの支社が破綻し、彼は整理するためにそこに留まらなければならず、三か月も子供たちに会わなかった。彼は十八歳で仕事を始め、今は四十六歳で、仕事で送った生活を逆に生きる時間が十分にあればよい、と思った。彼はコッツウォルズにほとんど行かない家を持ち、彼が使う時間がなかったバイクやスキーやスポーツ用品がいっぱいのガレージがあった。彼は友達や家族にほとんどこんにちはとさようならしか言わずにここ二十年間を過ごした。何故ならいつも出かける予定で、準備をし、早く床につかなければならないか、疲れ果てて帰ってきたからだった。囚人をどの方向にも手足を十分に伸ばせないように作られた空間に監禁する中世の罰の方法について彼はどこかで読んだことがあり、そのことを考えるだけで彼はぐっしょりと汗をかいたが、それはいままで彼が生きてきたやり方をかなりよく要約していた。

私はその牢獄から解放されたことがスプレッドシートの題名に沿ったものであったかどうか、彼に尋ねた。

「あなたがそうおっしゃるとおかしいです」と彼は言った。「仕事を離れて以来、私は絶えず人々と議論しているのです。私の家族は今私はいつも家にいて、みんなをコントロールしようとしていると文句を言うのです。実際に言ったことはありませんが」と彼は付け加えた。「彼らは元の状態に戻れればよいと思っているのです。でも、彼らがそう思っていることが私にはわかります」

例えば、彼らが朝どんなに遅くまで寝ているか、彼には信じ難かった。彼が夜明け前に家を出た年月ずっと、彼らが暗闇の中で眠っていることを考えると、彼はよく自分には目的があり、家族を守っているのだ、と思った。彼らがどんなに怠け者かに気づいていれば、彼は同じように考えなかったかもしれなかった。時々、彼は彼らが起きてくるのに昼食時まで待たなければならなかった。彼は自分が育っている頃父親が毎朝したように、彼らの部屋に行き、カーテンを開け始め、この行動が引き起こした反感に驚いた。彼は彼らの食事時の計画を立てようとし——彼らはみんな一日の違った時に違った食べ物を食べることに彼は気づいた——そして、運動の日課を設定しようとしたが、こうした処置が引き起こした完全な反感は、彼らがそうしたことを必要としていることの証拠であると懸命に信じようとした。

「私は掃除人と話すのに時間をたくさん使います」と彼は言った。「彼女は八時に来ます。

彼女はこうした問題を何年も扱ってきた、と言います」

彼はこうしたことすべてをまごついたようにくつろいで内密に話したので、驚かせようとするよりも、楽しませるために話しているのは明らかだった。控えめな微笑みが彼の口元に浮かび、丈夫な白い歯のそろった列を見せた。話している間に、彼は活気に満ちてきて、必死で過激な態度が和らいで、話し上手な人の温和な表情になった。私はこうした話は、まるで痛みを取り除いた出来事を追体験する力と喜びを発見したかのように、彼は前にも話したことがあり、語るのが好きな話であるような印象を受けた。彼の能力は自分に起こった出来事をそのまま語るのではなく、その周辺をめぐるものであり、聞き手はその出来事が引き起こすと思われる痛みや混乱を感じずに、面白い話だけを聞くことができる、と私は思った。

私はどうしてまた飛行機に乗ることになったのか、と彼に尋ねた。

彼は幾分恥ずかしそうにまた微笑み、茶色い髪にさっと手を通した。

「娘が向こうの音楽祭で演奏するのです」と彼は言った。「彼女は学校のオーケストラで演奏しているのです。ええと――オーボエを」

彼は昨日妻と子供たちと一緒に行くことになっていたが、犬が病気になり、彼はみんなを自分抜きで行かせなければならなかった。馬鹿げているように思われるかもしれないが、犬は家族の多分一番重要なメンバーだった。彼は一晩中犬と一緒に起きていなければならず、それから真っすぐに車で飛行場に向かったのだった。

「正直に言うと、私は運転すべきではありませんでした」と彼は私たちの間の肘掛に肘をついて、低い声で言った。「私はほとんど真っすぐに見ていることができませんでした。同じ言葉が書かれている標識を何度も通り過ぎ、私はそれらは私のためにそこに置かれているのだと思い始めました。私の言っているものがおわかりでしょう——それらはあらゆるところにあります。それらが何か理解するのに長いことかかりました。私は実際に頭がおかしくなっているのではないかと思いました」とまごついたような微笑みを浮かべて言った。「私は誰がそれらを選んだのか、また何故なのか理解できませんでした。それらは個人的に私に向けられているように思われました。確かに」と彼は言った。「私はニュースを読んでいますが、仕事を離れて以来、少し遅れているのです」

行くか留まるかの問いを私たちは普通密かに自問するのは本当である、と私は言った。人々は自分の考えや感情を外的な現実に投影する。もし私たちの国の政治的な状況をよく知らないなら、私たちは民主主義を見ているのではなくて、人々が個人的な思想や感情を全体として国に投影しているのを見ていると思うかもしれない、と私は言った。

「おかしなことは」と彼は言った。「私は覚えている限りその問いを自分にしているように感じられたことです」

私は犬がどうしたのか、と彼に尋ねた。

少しの間、私がどの犬のことを言っているのか思い出せないかのように、彼は困惑しているように見えた。それから、彼は額に皺をよせ、口をとがらせて、大きなため息をついた。

「それは少し長い話です」と彼は言った。

その犬は——名前はパイロットだが——実際とても年を取っていた、と彼は言った。彼を見てもそうは思わないだろうけれど。彼と妻はパイロットを結婚して間もなく手に入れた。彼らは家を田舎で買っていて、そこは犬を飼うのに理想的な場所だった。パイロットは小さい子犬だったが、その時でさえ、彼は非常に大きな足をしていた。彼らはこの品種の犬がとても大きくなることを知っていたが、パイロットが結局なった驚くべき大きさには何の準備もできていなかった。これ以上大きくはならないだろうと思う度に、彼は大きくなった。彼が周りのものすべてを、彼らの家や車やお互いさえ、異常に小さく見せるのはおかしかった。

「私は非常に背が高く」と彼は言った。「時々他の誰よりも背が高いことが嫌になります。でも、パイロットの隣に立つと、私は普通だと感じたのでした」

彼の妻が最初の子供を身ごもり、それでパイロットは彼が扱うようになった。彼はその頃仕事のためにそれほど旅行しなかったので、数か月の間、彼は自由な時間のほとんどをパイロットを訓練するのに使い、彼と一緒に丘を歩き、彼の性格を形成した。彼はパイロットを決して甘やかしたり、妥協することはなく、彼が行ったことに対して控えめに報い、そして若い犬のパイロットが羊の群れを追いかけると、彼は厳しく自分でも驚くほど自信をもって犬を殴った。中でも、まるでその犬が人間であるかのように、パイロットの前では彼はどのように振る舞うかに注意し、成熟期に達すると、パイロットは際立った知性と巨大なたくましい体を持ち、激しく吠えた。彼は家族に対して、気持ちをくみ取り、思いやり深かったので、他の人々は率直に言って異様だと思ったが、やがて、彼らもそのことに慣れた。例えば去年、彼らの息子がひどい肺炎にかかっていた時、パイロットは昼も夜も彼の部屋の外に座り、もしその子が何か求めれば、自動的にそれを取って来た。彼は彼らの娘の周期的な憂鬱な状態に合わせ、それを映し出したりしたので、時にはパイロットが不機嫌で内向的になったため、家族はそれにやっと気づいた。だが、知らない人が家に来ると、彼は最大の警戒心と冷酷さを持った番犬に変身した。彼を知らない人は彼に怯えたが、それは正しかった。何故ならもし彼らが家族の人々を少しでも脅かしたならば、彼は彼らを殺してしまっただろう。

パイロットが三歳か四歳の時、とその男性は続けた。彼の仕事が破綻してしまい、彼は長期間家を留守にし始めたが、家族は彼がいない間安全であることがわかっていたので、家を離れることができると思った。時々、家にいない時、彼は犬のことを考えて、他の生きている何よりもパイロットは自分にとって親しい存在だと思った、と彼は言った。それで、娘がコンサートの中心的なソリストで、何週間も練習してきたが、彼はパイロットが困っている時に彼の元を離れることはできなかった。演奏は国際的な音楽祭の一部で、聴衆はたくさん来るだろう。それは素晴らしい機会だった。だが、ベッツィーはパイロットから目を離したくなかった。彼は娘を行かせるのに非常に苦労した。まるで彼女は彼が犬の世話をすることを信用していないようだった。

私は彼女がどんな曲を演奏するのか尋ねると、彼はまた髪をくしゃくしゃにした。

「実のところよく知りません」と彼は言った。「確かに彼女の母親は知っているでしょう」彼は娘がオーボエを演奏するのがそれほど上手いとは気がつかなかった、と彼は付け加えた。彼女は六歳か七歳の時にレッスンを受け始め、率直に言って、それはかなりひどい音で、彼は自分の部屋で練習するように彼女に言わなければならないほどだった。特に長いフライトの後で家に帰って来た時には、キーキーいう音を聞くと彼は歯がういた。しばしば、閉じられた扉の背後に、まだ甲高い何かほのめかすような音が聞こえ、彼は時差ぼけを解消するために眠ろうとすると、それはまったく神経にさわった。彼は娘が自分に嫌がらせをするために、そうするのではないか、と一度か二度思ったが、彼がそこにいない時でも、彼女は同じように練習した。時々、彼は練習を少なくして、もっと他のことをする方が健全だと彼女に提案したが、この意見は彼が家族の予定表を統制しようとすることと同じように軽蔑された。正直に言うと、彼女が何をするべきであるかと尋ねられれば、彼が思いつくのは、彼が娘の年頃にしたようなこと——社交をしたり、テレビを見ること——だけで、どういう訳か彼はそれをもっと普通だと思った。彼が思うに、ベッツィーに関するあらゆることが普通ではなかった。例えば、彼女は不眠症だった。何故平均的な十四歳の子が眠れないのか？　ディナーを食べる代わりに、彼女は台所の戸棚の傍に立って、箱からじかに手一杯のシリアルを口に入れるのだった。彼女は決して外には行かず、母親がどこにでも彼女を車で連れて行くので、滅多に歩かなかった。彼が家にいない時は彼女が毎日パイロットを歩かせると言われたが、彼は見たことがなかったので、信じ難かった。

それからある晩、ベッツィーが学校のコンサートで演奏することになり、彼は妻と一緒に出かけ、きっと退屈するだろうと思いながら、他の両親と一緒に音楽堂の小さい椅子に体を押し込んで座った。照明がつき、舞台のオーケストラの前に少女が立っていたが、それがベッツィーだと気づくのに長い時間がかかった。彼女はまず第一にずっと年上のように見えた。それから他のこともあったが、それは多分彼女は彼を必要としないか彼を非難しないように見えるという事実だったが、そのことは彼を驚くほどほっとさせた。それが彼女であるということを受け入れると、彼はひどく不吉な不安を感じた。彼はベッツィーが恥ずかしい思いをするだろうと確信して、妻も同じように感じていると思って、彼女の手を握りしめた。指揮者が登場した——直ぐに彼が嫌いだと思うような黒いジーンズと黒いタートルネックのセーターを着た男だった——そして、オーケストラは演奏し始め、ある時点で、ベッツィーも演奏し始めた。ベッツィーは首を縦に振り、楽器を唇にあて、大きな目は瞬きもせず、注意深く指揮者を見て、彼のほんの些細な合図にも反応することに、彼は気づいた。このような親しみのこもった従順な無言の芸当を自分の娘ができるとは彼は思ってもみなかった。彼女にシリアルを器から食べるように説得できなかった彼は。数分後にやっと、彼は奇妙なくねくねした音と彼女を結び付けることができた。聴衆の中に座って、彼はこの人たちが魅了され、うっとりとしていることがわかり、その時になってやっと彼は本当に聴くことができた。非常に大量の涙が自分の目から流れたので、彼は人々が席で自分のことをチラッと見始めたことに気づいた。後になって、ベッツィーは彼の背の高さのために舞台から彼が泣いているのが見えた、と主張した。それは恥ずかしいことだった、と彼女は言った。

私は何故泣いたと思うかと尋ねると、彼の口の角は思いがけず下の方に引っ張られたので、彼は大きな手で口を隠そうとした。

「正直に言うと」と彼は言った。「彼女はどこかおかしいといつも心配してきたのだ、と私は思います」

しばしば人々は自分自身より子供たちについて考える方が容易と思うように私には思われると言うと、彼はまるで一瞬その理論を考えていたかのように私を見て、それから強く首を振った。

ほんの幼い子供の頃から、と彼は言った。ベッツィーは他の子供たちとは違っていた——しかも良いようにではなく。彼女は信じられないほど神経過敏だった。例えば、海岸に行くと、彼女は足の下の砂の感覚に耐えられなかったので、両親はどこでも彼女を運ばなければならなかった。彼女はある言葉の音に耐えられず、誰かがそれを言うと、悲鳴をあげて耳をふさいだ。彼女が食べようとしないものとその理由のリストは非常に長かったので、ついていくことが不可能だった。彼女はあらゆるものにアレルギーがあり、いつも病気になり、前にも言ったように不眠症だった。しばしば彼と妻は真夜中に目を覚ますと、ベッツィーが寝間着を着た幽霊のように彼らのベッドの傍に立って、彼らをじっと見下ろしているのだった。彼女が大きくなるにつれて、中でも一番深刻な問題は、彼女が嘘をついていると呼ぶことに対する異常な感受性だったが、彼が見る限り、実際それは大人の会話の普通のしきたりや話し方だった。彼女は人々が言うことのほとんどがごまかしで不誠実であると主張したが、彼がどうしてそれがわかるのかと尋ねると、彼女は音によってわかると答えた。前にも言ったように、ほんの小さい子供の時でさえ、ある種の言葉の音は彼女には耐え難かったが、大きくなって、学校に行き始めると、この問題はさらに目立った。彼らは子供を彼女の問題を専門に扱う学校に転校させたが、それでも、単に客の一人がお腹がいっぱいなのでデザートは食べられないと言ったり、経済は低迷しているが景気は上向きであると言ったために、彼らの娘は悲鳴をあげて部屋から走り出ると、家族の社交的な関係は幾分難しいものになった。彼と妻は娘のことを懸命に理解しようとして、子供たちが寝た後、彼らは話し合って、彼女の感受性を自分たちの中に取り込み、お互いの言葉の不誠実さを聞くために耳を精一杯働かせると、言うことのほとんどがかなり台本によるもので、本当にそのことについて考えてみると、それはしばしば実際どんな風に感じているかを表していないことは本当であることに気がついた。だがそれでも、彼らは非常に頻繁にベッツィーの問題を抱え、妻はますます無口になっていったが、それはベッツィーの仕業で、意思の疎通が非常に難しかったので、まったく何も言わない方が容易いからだ、と彼は思った。

多分この理由で——彼は話すことができず、それ故嘘をつけなかったので——ベッツィーはパイロットを時には怯えるほど猛烈に愛した。だがごく最近、初めてベッツィーの真実の定義と嘘をつくことに対する厳しさを彼に疑わせるような出来事があった。彼はパイロットを歩かせるために彼女を連れ出し、犬が突然駆け出したのだった。彼らは豪壮な邸宅の庭園にいて、どういう訳か彼はそこで鹿が飼われていることに気づかず、パイロットを解き放した。普通パイロットは家畜に対しては几帳面なほど従順だったが、この時はまったくふさわしくないようなやり方で行動した。一瞬彼は彼らの傍にいたが、次の瞬間彼は行ってしまった。

「その動物の速さは信じられないでしょう」と彼は言った。「彼は巨大な犬で、彼が動こうと決めたら、誰も彼を捕まえる方法はなかったのです。彼は歩幅を伸ばし、まったく違ったものになったのです。彼が五十ヤード先に行ってから、私たちは彼に気がついたのです」と彼は言った。「そして私たちはそこに立って、彼が庭園を駆けるのを眺めていました。鹿が彼を見ると、彼らは走り始めましたが、逃げるにはすでに遅すぎたのです。何百頭もの鹿がいたに違いありません。あなたはそのようなものを何か見たことがあるかどうかわかりません」と彼は言った。「でも、それは恐ろしいけれど、美しい光景でした。彼らは水のように一団となって走ります。パイロットが直ぐ後ろについて、彼らが水が流れるよの光景に魅惑されました。彼らは八頭が一団となってぐるりと回ったり、後戻りしたりし続け、パイロットが後を追いましたが、それはまるで彼が彼らを導き、すでに彼の頭にある形を彼らに描かせているようでした。五分間彼らは大きな流れるような線を描いてぐるぐるるとそんな風に走り続けていましたが、それから、突然まるで彼が飽きたか終わらせる必要があると決めたかのようでした。まったく努力せず、彼は速さを倍にして、鹿の一団の中に突入し、若い鹿の一頭をつかみ取り、倒しました。女性が私たちの近くに立っていました」と彼は言った。「そして、彼女は私たちに向かって叫び、通報して、誰かに来てもらって犬を撃たせると言い始め、私が彼女を落ち着かせようとしていると、急に背後で音が聞こえ、私たちが振り向くと、ベッツィーが気を失っていました。彼女は草の上に冷たく横たわっていて、倒れた時に石で打った頭から血が流れていました。本当に」と彼は言った。「彼女は死んだように見えました。その時点までに、パイロットは森の中に立ち去り、女性はベッツィーのことをひどく心配したので、犬を撃つことを忘れて、彼女を車に運ぶのを手伝い、わざわざ病院まで私たちと一緒に来ました。もちろんベッツィーは大丈夫でした」

彼は厳しい笑い方をして、首を振った。

私は彼に犬はどうなったのか、と尋ねた。

「ああ、彼はその夜帰って来ました」と彼は言った。「私は彼が扉のところにいるのを聞き、私が扉を開けると、彼は入って来ず、そこに立って私を見ていました。彼はひどく汚れて、血で覆われ、自分がどうされるかわかっていました。彼は予想していたのです。でも、私は彼を殴るのが嫌でした」と彼は悲しそうに言った。「彼が生きている間に二回か三回殴らなければならなかっただけです。私たちは両方ともそうせずに彼は今のままの姿でいられないことがわかっていました。でも、ベッツィーは彼がしたことを受け入れるのを拒否したのです。彼女は何週間も彼に触れたり話しかけたりしませんでした。彼女は私にも話しかけませんでした。彼女はそのことをまったく受け入れなかったのです。私は彼女に言いました。ねえ、ふてくされたり、不機嫌になったりすることで犬を訓練することはできないよ。犬をずるく、不誠実にするだけだ。いいかい、と私は彼女に言いました。私がここにいない時、君たちが安全だと感じる理由は、もし誰かが君たちの誰かに危害を加えようとしたら、パイロットがあの鹿にしたようにその人にすることがわかっているからだ。彼は君と一緒にソファに座ったり、君が病気の時には、物を持って来たり、ベッドの上で君の隣に横になるかもしれないが、彼が知らない誰かが扉をノックしたら、彼は必要なら進んでその人を殺すだろう。彼は動物だ、と私は言いました。そして、彼はしつけられる必要があるのだが、君の感受性を彼に押し付ければ、彼の性質に干渉することになるのだよ」

彼は客室乗務員がたくさんの人々の間をワゴン車を押している灰色の通路をじっと見ながら、顎を上げて、しばらくの間黙っていた。客室乗務員は左右を向き、列の間を腰のところで身をかがめて、彼女の上に向けられた目と口は非常にくっきりと輪郭が描かれていたので、滑らかな卵型の顔から彫られたかのように見えた。彼女の自動的な動きは催眠術をかけるようだったので、その男性は彼女を眺めてぼうっとしたようだった。しばらくの間、彼の頭は前の方に揺れ始め、激しく揺れて傾いたので、彼はまたきちんと座りなおした。

「失礼」と彼は言った。

彼は顔を精力的にこすり、しばらくの間、私越しに窓から外をじっと見て、鼻から深く息をしてから、私は前にヨーロッパのその地域に行ったことがあるか、と尋ねた。

私は何年も前に一度だけ息子とそこに行った、と言った。その当時息子は人生が難しいと感じていた、と私は言った。それで私は旅行が彼にとって良いだろうと思った。だが、それから土壇場になって、もう一人の少年、私の友達の息子も連れて行くことに決めた。私の友達は病気で病院に行かなければならず、それで私はそうすることが彼女の助けになると思ったのだった。二人の少年は仲良くやっていけなかった、と私は言った。そして、友達の息子は配慮を非常に必要としたので、私自身の息子が数日間私の関心の的になるはずであったが、結局そんな風には上手くいかなかった。私がとても見たい展示があったので、ある朝、二人を美術館に一緒に行こうと説得した。私はそこに歩いて行けると思ったが、距離を誤って判断し、土砂降りの雨の中を高速道路に沿って何マイルも歩くことになった。友達の息子は美術館に行ったことがなく、美術には興味がないことがわかった。そして彼は無作法に振る舞い始め、係員が彼を叱責しなければならず、ついに彼に出て行くようにと言った。結局、私は彼と一緒に濡れた服を着て、カフェに座っていなければならず、その間に私の息子は一人で展示を見に行った。彼は一時間ぐらい行っていたが、帰って来ると見たもののすべてを私のために説明した。親であることの経験に決定的な価値を置くことが、それを完全な形で見ることが可能であるかわからない、と私は言った。だが、彼が話している間に私たちがカフェで過ごした時間は恩寵の瞬間の一つだった。彼が見たものの一つは、その中に芸術家が自分の部屋を全部実物大に再現した巨大な木製の籠だった。あらゆるものがそこにあった——家具も服もタイプライターも机の上に広げられている書類や本の山も汚れたコーヒー・カップも——でも、それは逆さになっていたので、床が天井で、部屋全部が逆さまだった。息子は特にこの逆さの部屋に心を打たれたが、そこに籠の小さい入り口から入り、彼はその中で長いこと過ごした。何年も後になって、私はよく彼のその描写を思い出し、そこにすべて同じ要素があるが、期待するものとは逆の世界に彼が座っている姿を想像した。

男性は顔に少し困惑したような表情を浮かべて聞いていた。

「それで、彼は芸術家になったのですか」とまるでそれが私がこうしたことを話した唯一の説明になり得るかのように、彼は言った。

彼は美術の歴史を学ぶために秋に大学に行くだろう、と私は言った。

「ああ、わかりました」と彼は頷いて言った。

彼の息子はベッツィーよりもずっと学究的なタイプである、と彼は言った。彼は獣医になりたいのだった。彼はあらゆる種類の変わった動物を——チンチラや蛇や一対のネズミを——部屋で飼っていた。彼らには獣医の友達がいて、彼の息子は週末のほとんどをそこで、診療所で過ごした。実際、パイロットがどこかおかしいと気づいたのはこの息子だった。犬はここ数か月とても静かで、活気がなかった。彼らはそれを彼の年齢のせいだと思ったが、それからある晩、息子がパイロットを撫でていて、脇腹の腫物に気づいた。数日後に妻は出かけていて、子供たちは学校に行っている時に、彼はそれほど深刻に考えずにパイロットを獣医の友達のところに連れて行った。獣医はパイロットを調べ、癌だと言った。

彼は話を中断し、また私越しに窓から外を見た。

「犬が癌になり得るとは私は知りませんでした」と彼は言った。「私はパイロットがどんな風に死ぬか考えたことがありませんでした。私は手術ができるかどうか尋ねると、彼は効果はない――進み過ぎている、と言いました。それで彼は痛み止めの薬をくれ、私はまた車でパイロットを家に連れ帰りました。家に帰る途中ずっと」と彼は言った。「私は若くて丈夫で力強かった頃のパイロットの姿を見続けました。私が数週間家を留守にする間、彼がここにいてくれた年月を思い、今私は引退したので、彼が衰えてきているという事実は何故か意味があるように思われました。とりわけ、私は他の人たちに言うことを恐れました。何故なら、正直に言うと、彼らが私よりもパイロットを所有することに執着していないかどうかわからなかったからです。私は帰宅することであらゆることを狂わせたと感じ始めました。彼らはみな私がいない時、とても幸せそうに見え、今は妻と私はいつも口論し、子供たちは叫び声をあげ、扉をバタンと閉め、そしてその上」と彼は言った。「これまでずっと少しの弱さも見せたことがなかったのに、私が犬を病気にしてしまったのでした。ともかく」と彼は言った。「私は彼らに話しましたが、明らかに事実よりも深刻でないように話しました。私たちは海外に行っている間、彼がペットホテルに行って休めるように手配したのですが、私は彼がもたないだろうということがわかり、それで私なしに行くように彼らに言いました。彼らはかなり疑い深かったです。彼らが戻って来られるように、もし彼が悪くなったら電話をするように、彼らは私に約束させました。彼らはその夜ホテルから電話してきて、彼らがいない間にパイロットを死なせないと私に誓わせることさえしたのです。私は彼は大丈夫で、風邪か何かひいただけで、多分朝まではよくなるだろう、と言いました」彼は話を中断し、横目で私を見た。「私は妻にさえ言いませんでした」

私は何故言わなかったのか尋ね、彼はまた黙った。

「彼女は子供たちを産む時、私が立ち会うことを望みませんでした」と彼は言った。「彼女がもし私が部屋にいたら、痛みに対処できなかっただろうと言ったのを覚えています。彼女は一人でそうしなければならなかったのです。彼らはパイロットを愛していました」と彼は言った。「でも、彼を訓練して、しつけ、今の彼にしたのは私でした。ある意味で、私は彼を創ったのでした」と彼は言った。「私がいない時に私の代理をするように。私が彼に感じたことは誰も理解できたとは思いません。家族でさえも。そして、彼らが感じることが私の感じることよりも重要であると考えるのは耐え難いことでした。それは私が思うに」と彼は言った。「多かれ少なかれ、妻が言いたかったことでしょう」

「ともかく」と彼は続けた。「パイロットには台所によく寝ていた大きなベッドがあり、彼はそこに横たわり、横向きに体を伸ばしていました。それで私はクッションを取って来て、できる限り彼を快適にして、私は床の上に、彼の隣に座りました。彼は激しくあえぎ、大きな悲しそうな目で私を見て、私たちはただそこにいて、お互いを見ていました。私は彼の頭を撫でて、彼に話しかけ、彼はあえぎながらそこに横たわっていて、真夜中頃、私はこれはどのくらい長く続くのだろうかと思い始めました。私は死んでいく過程について本当に何も知りませんでした――私は誰かが亡くなった時に一緒にいたことがありませんでした――そして私は自分がイライラし始めたことに気づきました。私は彼自身のために終わらせたいと思ったのではありませんでした。私はただ何かが起こって欲しいだけでした。大人になってからほとんどの間「私はどこかに行く途中か戻って来る途中でした。私は終わる見込みがない、あるいはある特定の時に出かける必要がない状況に置かれたことがありませんでした。そんな生き方は時には不愉快でしたが、ある意味で、私にはそれが常習的になっていました。同時に、私は動物から苦痛を取り除いたら、人々は何と言うだろうかと思い、私がすべきことは、パイロットを失神させるか彼の顔の上に枕を置くことだろうかと思い、そして私はただ弱くて怖がり過ぎているのではないか、と思いました。不思議なことに、パイロットがこの問いに対する答えを知っているように思われました。結局午前二時ごろ、私は参ってしまい、獣医に電話をすると、彼はもし私がそうして欲しいのなら、直ぐに行ってパイロットに注射をする、と言いました。それで、私はもしそのままにしておいたら、どうなるのか彼に尋ねると、彼は自分にはわからない、と言いました——数時間か数日か数週間さえもつかもしれない。君次第だ、と彼は言いました。それで、私はねえ、犬は死にかけているのか、いないのか？　と尋ねました。そして、彼はもちろん犬は死にかけているが、それは不思議なプロセスで、最後まで待つか、終わりにすることを選ぶかのどちらかだ、と言いました。そしてそれから、私は翌日ベッツィーがコンサートで演奏することを、どんなに私が疲れているだろうかと、私がしなければならないすべてのことについて考え始め、それで私は彼に来てくれるように言いました。十五分後に彼はそこにいました」

　私はその十五分の間に何が起こったか尋ねた。

「何も」と彼は言った。「まったく何も。私はまだそこに座っていて、パイロットはまだあえいで、大きな目で私をじっと見ていましたが、私は特に何も感じず、ただ誰かが来て、私をその状況から出してくれるのを待っていました。でも、今は誤ったことのように思われてきました」と彼は言った。「まさにその瞬間に、そこに、その部屋に戻るためには私は本当に何でも差し出したことでしょう」

「ついに獣医が来て、処置は非常に早く、彼はパイロットの目を閉じ、朝誰かが来て、死体を持って行ってくれるように私に電話番号を渡し、それから彼は出て行きました。それで私は同じ部屋に同じ犬といましたが、ただ今は犬は死んでいました。私は妻と子供たちが知ったら、私がそこに座っているのを彼らが見たら、何と言うだろうか、と思い始め、そして、私は恐ろしいことを、彼らは決してしないであろうことを、非常に卑怯で不自然でまったく取り返しのつかないことをしてしまったことに気づき、私は決して立ち直れないだろう、物事は決してまた同じようにはならないだろう、と思いました。そして、その時そこで彼を埋めようと決めたのは、ある意味で、私のしたことの証拠を隠すためでした。私は暗闇の中を小屋に行き、シャベルを取って来て、それから庭の場所を選び、掘り始めました。掘っている間中ずっと、私のしていることは、男らしくて立派なことか、あるいは単なる偽りなのかわかりませんでした。何故なら掘っているのと同時に、私はそのことについて人々が話しているのを想像していたからでした。私は彼らが私の肉体的な強さや決断力について話しているのを想像していましたが、実際それは思っていたよりも大変な仕事でした。最初、私はできないだろうと思いました。でも、諦めることは決してできないことはわかっていました。日の光の中でそれがどんな風に見えるかが、死んだ犬と一緒にそこに座っている私と庭の半分掘られた穴が目に浮かびました。地面は信じ難いほど固くて、シャベルは岩にあたり続けましたが、パイロットを中に入れるには穴はかなり大きくなければなりませんでした。一度か二度、私は挫折を認めなければならないだろうと思いました」と彼は言った。「私はこれは実際男になることなのだと感じ始めました。私は怒りを感じ、穴を掘る力を与えるのは怒りであることに気づき、それで私はますます怒りを感じるままにして、ついに家族が言うことを恐れなくなりました。何故なら彼らは犬を殺し、それから彼を埋めるために穴を掘る必要がなかったからでした。妻の物事を行うやり方について私たちが口論する時、彼女が使う言葉の一つは『あなたはここにいなかった』でした。私はいつもその言葉が嫌いでしたが、今私はそれを彼女に言い返しているのが想像できました。彼女がそう言わなければならない時にどんなに怒っていたかに私は気づき、そして突然、パイロットが死んだことを私は喜びました。私は本当に喜んだのでした。何故なら彼がいなければ、私たちが本当に感じたことを認めなければならないと思われたからでした」

彼は顔に当惑した表情を浮かべて、話を中断した。

「私は穴を掘り終わりました」と彼はしばらくしてから続けた。「そして、私は家に戻り、パイロットを毛布で包みました。私はベッドから彼を抱き上げたのですが、彼は信じられないほど重く、私は彼を落としそうになりました。彼を引きずった方が楽だったでしょう」と彼は言った。「でも、私はそうできないことがわかっていました。何故ならすでに死体が怖くなり始めていたからでした。私が家に戻って、そこに彼が死んで横たわっているのを見た時」と彼は言った。「私は逃げたいというほとんど信じられないような衝動を感じました。それはまだパイロットだと私は信じなければなりませんでした」と彼は言った。「そうでなければ、やり通すことができなかったでしょう。結局、私は彼を胸に抱えなければなりませんでした」と彼は言った。「その時でさえ、私は出る時に扉の枠に頭をぶつけ、大きい声で彼に話し、謝っていましたが、彼と一緒によろよろとなんとか外に出て、庭を横切って、彼を穴の中に入れました。明るくなり始めていました。私は彼を上手く配置して、それから中に戻り、彼のベッドから彼のものを幾つか取って来て、彼と一緒に穴の中に置きました。それから、私は穴を土でふさぎ、ならして、端に石でしるしをつけました。それから、私は家に戻り、荷物を鞄に詰め、シャワーを浴びました。私はひどく汚れていたのです」と彼は言った。「私はシャツを脱ぎ捨てなければなりませんでした。それから、私は車に乗り、空港に行ったのです」

彼は大きな手を前に広げて、その前や後ろを調べた。手は爪の下の黒い詰まった半月型の泥以外は清潔だった。彼は私を見た。

「私が取り除けなかったのは、指の爪の下の泥だけでした」と彼は言った。

ホテルはまったく丸かった。それは一時期貯水場で、建物を再利用した建築家はたくさんの賞を獲得した、と受付係が言った。彼女は街の地図を私にくれ、ほっそりとしたきれいにマニキュアした爪の指で受付の机の上にそれを広げた。

「私たちはここにいます」と彼女は言って、その場所にペンで丸をつけた。

ロビーには、建物の中心を通って幾つかの太い柱が立っていて、そこから通路が車輪の輻（や）のように頭上に伸びていた。こうした柱の一つの後ろに、催しのロゴがプリントされたTシャツを着た少女が案内の小冊子が積んである机に向かって座っていた。彼女は私に関する詳細を見つけようとして、書類の束を調べた。私はその日の午後ある催しに参加することになっている、と彼女は言った。その後、その国の日刊紙の一つのインタビューが取り決められていると思う、と彼女は言った。催しはこのホテルで行われることになっていた。夕方には街の中心の会場で食べ物が出されるパーティーがあった。催しは食べ物のクーポン方式で運営されていた。私はクーポンをこのホテルでも後でパーティーでも使うことができた。彼女は印刷された紙片の束を取り出して、そこから何枚かを切り取り線に沿って切り離し、彼女の前のリストに通し番号を書き留めてから、私に渡した。彼女はまた案内の小冊子と私の出版社からのメッセージを私に渡したが、そこには出版社の人は午後の催しの前にホテルのバーで私に会いたいと書かれていた。

バーのある部分は結婚式の披露宴のために遮断されていた。人々がシャンペンのグラスを持って、暗い天井の低い空間に立っていた。丸くなった壁に沿った窓は一方から強く冷たい光を中に入れ、明るさと暗さのコントラストで賓客の服や顔は少しまぶしく見えた。写真屋は人々を二人ずつか小さいグループでテラスに誘導し、そこで彼らはカメラ用の表情をして、涼しいそよ風の中に立っていた。花嫁と花婿は賓客の輪の中で、並んで、だがお互いに顔を背けて、話したり、笑ったりしていた。彼らの顔は、自意識の強い、ほとんど咎めるような表情を浮かべていた。私はそこにいる誰もが結婚した二人とほとんど同じ年齢であることに気づき、年上かもっと若い人が誰もいないことは、まるでこうした催しは未来にも過去にも向かわず、彼らを年上の人や年下の人とつながないのは自由か無責任であるか誰もはっきりとはわからないように思われた。

バーの他の部分は、本を前のテーブルに置いて革の仕切り席に座っている小柄な金髪の男性以外には人気がなかった。彼は私を見ると、本を上げたので、私はその表紙が見えた。彼は表紙の裏を見て、それから私を見て、それからまたそれを見た。

「あなたはまったく写真のようではありません！」と私が聞こえるほど近くに行くと、咎めるように叫んだ。

彼が表紙に選んだ写真は十五歳を少し超えたものである、と私は指摘した。

「でも、私はこれが大好きです！」と彼は言った。「あなたはとても——誠実そうに見えます」

彼は自分が扱っている別の作家について話し始めたが、彼女の本の写真は、輝く金髪を後ろにたらした、ほっそりとした美しい女性を見せていた。実物は、白髪で、幾分太り過ぎで、目の状態が悪かったので瓶のようなレンズの眼鏡をかけなければならない女性だった。彼女が朗読会や催しに出ると、写真との違いがひどく目立ち、彼は時々もっと最近の写真を使うという微妙な問題を提起したが、彼女は聞こうとしなかった。何故自分の写真が正確でなければならないのか？　警察が自分を確認できるようにするためか？　彼女の職業の重要な点は、現実からの逃避を表しているということだった。その上、彼女は髪を後ろにたらしたほっそりとした美しい女性であることの方を好んだ。自分のある部分はまだそうであると彼女は信じていた。ある程度の自己欺瞞は生きる才能のきわめて重要な一部である、と彼女は言った。

「彼女は我が社が扱う最も人気のある作家の一人です」と彼は言った。「あなたもご想像できるように」

彼はホテルをどう思ったか尋ね、私はそれが円形であることが驚くほど混乱させると思った、と言った。すでに数回どこかに行こうとして、出かけたところに自分が戻っていることに気づいた。私はホテルの廊下で迷ってしまった。真っすぐに行けば、行きたいと思ったところに行けると思ったが、私はどこにも行き着かなかった。私はすぐ隣にあるものを探して一周したが、それは建物のすべての自然な明るさの源が斜めの仕切りによって隠されているので、建物をめぐる道はほとんど完全に暗いために起こる誤りだった。言い換えれば、道に沿って行くのではなく、手当たり次第にそれにぶつかることで光を見い出すのだった。あるいは別の言い方をすれば、そこに着いてやっと自分がどこにいるかわかるのだった。建築家が多くの賞を得たのはこうしたメタファーのためであるとは思わないが、その建物は、人々は自分自身の問題を持たないか、あるいは少なくとも自分の時間をもっと有効に使うものが何もないという前提に基づいていた。出版社の人は目を見開いた。

「そのことに関しては」と彼は言った。「小説についても同じことが言えるでしょう」

彼は上品に見える男性で、ブレザーと縞のシャツをこざっぱりと着て、亜麻色の髪をきちんと後ろになでつけ、角ばった銀縁の眼鏡をかけて、アイロンとオーデコロンの匂いがした。彼はほっそりしていたので、実際よりも若く見えた。彼は非常に色白で——カフスとシャツの襟のところの肌が非常に白くて何の印もなかったので、ほとんどプラスティックのように見えた――そして薄いピンクの唇は子供の唇のように小さくて柔らかだった。彼は十八か月会社の上級の地位についていて、その前は販売部門の仕事をしていた、と言った。ある人々はこの国の最も古くて優れた出版社の一つが、三十五歳の販売員の管理下に置かれたことに驚いたが、彼は破産の瀬戸際にある会社を短期間で会社の長い歴史の中で最も利益をもたらすものにしたので、批判をする人々は徐々に黙った。

彼は話している間、微かな微笑みを浮かべていて、眼鏡の後ろの明るい青い目が、水の上に光がきらめくように、遠慮がちにきらめいた。

「例えば」と彼は言った。「一年前には私はこのような作品に投資することができなかったでしょう」彼は非難しているのか勝ち誇っているのかわからない態度で、私の写真が載っている本を持ち上げた。「悲しいことは」と彼は言った。「この時代には、私たちの最も著名な作家たちさえ何十年もの間で初めて原稿を拒否されたことです。大きなうめき声があがりました」と彼は微笑みながら言った。「タールの穴からうめいている負傷した動物のような。彼らの中には、自分が書こうと決めたものに対して権利があると思うもの――他の人がそれを読みたいかどうかはわかりませんが――が毎年印刷されることを疑問視されることを受け入れられない人がいました。残念ながら」と彼は眼鏡の薄い枠に軽く触れながら言った。「ある場合には、礼儀正しさや抑制が欠けていました」

私は利益をもたらさない文学作品を取り除く他に、何が会社の資力を増すのか尋ね、彼はさらに微笑んだ。

「我が社の最大の成功は数独（パズル）です」と彼は言った。「実際、私自身がその依存症になってしまいました。確かにそんな風に私たちが手を汚しているという抗議がありました。でも、人気のない作家たちが自分の作品もまた出版され得ると気づくと、抗議は急速に収まりました」

すべての出版社が探しているのは、と彼は続けた――いわば、現代の文学界での聖杯で――文学的価値を保持しながら、市場でも上手くやれる作家たちだった。言い換えれば、それを読んでいるところを見られても少しも品位を落としたと感じることなく、人々が楽しめる本を書く作家たちだった。彼はこうした作家をかなり多数得ることができ、数独（パズル）や大衆的なスリラーを除けば、彼らが会社の資産が急激に上昇した主な原因であった。

私は文学的価値の保持――どんなにわずかな形であっても――が一般的な成功を成し遂げる要因であるという彼の意見に心を打たれた、と言った。イギリスでは、人々は現代的な便利なものを備えてすっかり改装された古い家に住みたがるが、同じ基準が小説にも当てはまるのだろうか。もしそうなら、美に対する私たち自身の本能が弱まったりなくなったりするのがその原因なのだろうか、と私は言った。喜びの表情が彼のきれいで白い肌の顔に浮かび、彼は指を空に上げた。

「人々は燃焼を楽しむのです！」と彼は語気を強めて言った。

実際、と彼は続けた。資本主義の全歴史を燃焼の歴史として見ることができるでしょう。何百万年も地下にあった物質だけでなく、知識、思想、文化、そして美が——言い換えれば、発達したり増加するのに時間のかかるあらゆるものが燃える歴史として。

「時自体かもしれません」と彼は語気を強めて言った。「私たちが燃やしているのは。例えば、イギリスの作家ジェイン・オースティンを取り上げてみましょう。ここ数年間にわたって、ずっと前に亡くなった独身女性の小説が使いつくされるやり方を私は見てきました」と彼は言った。「続編や映画や自助の本やそしてテレビのショーとしてさえ燃やされるのを。彼女の人生は無味乾燥なものでしたが、この作家自身がついに大衆的な伝記の積み薪の上で消費されているのです。保持するように見えるかどうかわかりませんが」と彼は言った。「それは実際最後の一滴がなくなるまで本質を使いたいという願望なのです。オースティン嬢は良い火を燃やしました」と彼は言った。「でも、私自身の成功した作家の場合は、燃やされているのは文学の概念それ自体なのです」

子供時代の失われた世界に対するように、文学の理想への一般的なあこがれがあり、その権威と現実は現在のものよりも素晴らしく見える傾向がある、と彼は付け加えた。だが、一日でさえその現実に戻ることは、ほとんどの人々にとって耐え難く、不可能であろう。私たちは過去や歴史に郷愁を抱くが、不便であるという理由で直ぐにそこに住めないことがわかるだろう。何故なら現代の典型的な動機は、意識的であっても、そうでなくでも、あらゆる種類の拘束か苦難からの自由の追求だからである。

「歴史の研究に苦しみはあるでしょうか？」と彼は楽しそうに微笑み、小さい白い手を前のテーブルの上で組んで、言った。「もし人々が歴史の苦難を再体験したいなら、最近はジムに行くでしょう」

同じように、例えばロベルト・ムージルを読む時に伴う苦労をせずに、文学のニュアンスを経験することは多くの人々にとってとても楽しい、と彼は続けた。例えば、十代の頃、彼は詩を特にT・S・エリオットの詩をたくさん読んだが、今日『四つの四重奏』を取り上げてみるなら、単にエリオットの悲観的な人生の見方だけでなく、それはそうした詩を最初に読んだ世界に彼を再び入らせるために、彼に苦痛を感じさせることを疑わなかった。もちろん、誰もがエリオットを読んで十代を過ごすわけではないが、ある時点で何らかの古い文書に取り組まずに教育制度を通過するのは難しいだろう、と彼は言った。それで、おそらくこうした形成期に読まなければならなかった本を楽しんだり、理解することができなかったので、ほとんどの人にとって、読書という行為は知性を象徴していた。それは道徳的な美徳や優越という言外の意味を持ちさえしていたので、子供たちが読書をしないと親は彼らがどこかおかしいと心配したが、こうした親自身は多分子供の頃文学を学ぶことを嫌ったであろう。前に言ったように、本に対する尊敬の背後にあるのは、忘れてしまったが文学書のために彼らが苦しんだことかもしれなかった。もしそうなら、精神分析医が私たちは無意識に痛ましい経験を繰り返すことに惹きつけられると言う時、彼らを信じられるだろう。それで、過去に読んだ時に苦しみを経験したために本に惹きつけられても、苦しみを感じなければ、その本は成功するだろう。ブック・クラブや読書クラブや読者の批評であふれたウェブサイトの急増は収まる気配がないが、それは成功した作家は完全に理解されるというある種の俗物根性によって、炎が絶えず新たにあおられるからだった。

「何よりも」と彼は言った。「人々は自分が愚かだと感じさせられることを嫌い、もしこうした感情を起こすのなら、自分で犠牲を払ってそうするのです。例えば、私はテニスをするのが好きです」と彼は言った。「そして、私よりも少し上手い人とすれば、試合は良いものになることがわかっています。でも、もしテニスの相手が技術で私よりはるかに優れていたら、その人は私を苦しめる人になり、試合は台無しになります」

時々、彼は読者が自分が買った文学作品について、洗剤の性能を評価するように、自分の意見を述べているインターネット・サイトを調べて楽しんでいた。こうした意見を調べて彼が学んだことは、文学に対する尊敬は表面だけのもので、人々は文学を罵る立場からそう離れてはいないということだった。ある意味で、ダンテが五つ星から一つしか星を与えられないことを見たり、『神曲』が「完全なたわごと」と言われるのは面白いことだったが、敏感な人はそれを苦々しいことだと思い、ダンテは――非常に偉大な作家たちと共に――人間性の深い理解から彼のヴィジョンを刻み、自分のことは責任を持って自分でできたことを思い出した。彼の同僚や現代人の多くがするように、文学を守る必要がある脆いものであると見なすのは弱い立場だ、と彼は思っていた。同じように、彼は――前に言ったように――少し劣っている人の腕を上げる以外には文学の道徳的に有益な性質を重要視しなかった。

彼は席にゆったりと座って、感じの良い微笑みを浮かべて私を見た。

私は彼の意見は幾分皮肉であり、正義の概念に著しく無関心で、その神秘は私たちにとってわかりにくいが、恐れることはいつも賢明のように思われる、と言った。実際、こうした神秘のわかりにくさそのものが、恐れる理由である、と私は言った。というのは、もし世の中が報復を受けずに邪悪に生きる人々と褒賞を受けずに高潔に生きる人々でいっぱいなら、個人的な道徳が最も重要なまさにその時、個人的な道徳を捨てようとする誘惑が起こるかもしれないからだった。言い換えれば、正義はそのこと自体が目的で敬わなければならないもので、ダンテは自分のことは自分でできたことを彼が信じるかどうかはわからないが、私にはダンテはあらゆる場合に自分を守らなければならなかったように思われた。

私が話している間に、出版社の人は私の肩越しに何かを見るために密かに私の顔から目をそらしたが、私が振り返ると、バーの入り口に女性が立って、旅行者が外国の土地をじっと見るように、当惑したように自分の周りを見回しているのが見えた。

「ああ！」と彼は言った。「リンダだ」

彼は彼女に手を振り、彼女は私たちを探すのに苦労していたかのように、落ち着きのないほっとしたような身振りをしたが、実際、そこにいる人は私たちだけだった。

「私は間違って地下に行ったの」と彼女は私たちのテーブルに来ると言った。「下にはガレージがあるわ。そこには列を作って車がたくさん並んでいる。恐ろしかったわ」

出版社の人は笑った。

「おかしくはないわ」とリンダは言った。「私は何かの腸の中にいるみたいに感じた。建物が私を消化しているみたいだった」

「私たちはリンダの最初の本を出版するのです」と彼は私に言った。「批評は今のところ好意的です」

彼女は背が高く、太い手足の女性で、足に履いた精巧なストラップの付いたハイヒールのためにさらに背が高く見え、足の魅力は、彼女が着ている黒いテントのような服と彼女の全体的な気まずい様子と不調和だった。彼女の髪は、ぼさぼさで、もつれたように見える束になって肩よりも伸びていて、彼女の肌は滅多に外に出ない人のように青白かった。彼女が丸いたるんだ幾分驚いたような顔をして、大きな赤い縁の眼鏡を通してバーの向こう側の結婚披露宴を驚いて見ている時に、彼女の口は開いていた。

「あれは何？」と彼女は当惑したように言った。「映画の撮影をしているの？」

出版社の人は、このホテルは結婚披露宴の開催場所として人気があると説明した。

「ああ」と彼女は言った。「私は冗談か何かだと思ったわ」

彼女は仕切り席にドスンと座り、顔を扇ぎ、片方の手で黒い服の襟を引っ張った。

「私たちはダンテについて話していたところですよ」と出版社の人は愛想よく言った。

リンダは彼をじっと見た。

「今日私たちはそれを学ぶことになっていたの？」と彼女は言った。

彼は大声で笑った。

「唯一の話題はあなた自身です」と彼は言った。「それが人々がお金を払って聞こうとしていることです」

私たち二人は参加する催しの細かいことについて彼が話す間、聞いていた。彼が私たちを紹介するだろう、と彼は言った。そしてそれから、朗読が始まる前に数分間の会話が行われ、そこで彼は私たちのそれぞれに私たち自身について二つか三つの質問をするだろう。

「でも、あなたは答えがわかっている、そうでしょう?」とリンダが言った。

それはみんなをリラックスさせるための形だけのことだ、と彼は言った。

「氷割りね」とリンダは言った。「私はそういうことを知っているわ。でも、私は物事に少し氷があるのが好きだけれど」と彼女は付け加えた。「私はただその方が好きなのよ」

彼女はニューヨークで有名な小説家と一緒に行った朗読会について話した。彼らは朗読会がどのように行われるか前もって打ち合わせをしていたが、二人が舞台に上がると、小説家は朗読する代わりに歌を歌おうと言った。聴衆はこの考えに興奮し、小説家は立ち上がって、歌った。

出版社の人は大声で笑い、手を叩いたので、リンダは飛び上がった。

「何を歌ったのですか?」と彼は言った。

「知らないわ」とリンダが言った。「アイルランドのフォーク・ソングか何かでしょう」

「そして、あなたは何を歌ったのですか？」

「それは今までに私に起こった最悪のことだった」とリンダは言った。

出版社の人は微笑んで頭を振った。

「素晴らしい」と彼は言った。

彼女が行った別の朗読会は詩人と一緒だった、とリンダは言った。その詩人は偶像視されている人物で、聴衆が非常にたくさん来た。彼女の公の催しには詩人のボーイフレンドがいつも参加し、彼女が朗読している間、聴衆の間を回り、人々の膝に座ったり、彼らを撫でたりした。ある時、彼は大きな糸の玉を持って来て、列のあちこちを這うようにして進み、聴衆の踵に糸を巻き付けたので、最後には全聴衆がぐるぐる巻きにされた。

出版社の人はまた大声で笑った。

「リンダの小説を読むべきです」と彼は私に言った。「それはまったく楽しいです」

リンダは微笑まず、いぶかしげに彼を見た。

「そういうつもりではないのだけれど」と彼女は言った。

「でも、まさにそのためにここにいる人々は彼女の小説が大好きなのです！」と彼は言った。「それは自分たちは馬鹿げていると感じさせずに、彼らに人生の馬鹿馬鹿しさを強く感じさせるのです。あなたの物語にはいつもあります——何という言葉でしたか？」

「的」とリンダははっきり言った。「ここは暑いでしょう?」と彼女は付け加えた。「私は息苦しいわ。多分更年期のためでしょう」と彼女は言って、指で空に引用符を作った。「女性の作家が過熱すると、氷が解ける」

今度は出版社の人は笑わず、ただ曖昧な態度で彼女を見ただけで、眼鏡の後ろの目は瞬きしなかった。

「私は長いこと旅をしてきたので、年を取る段階を通過し始めているわ」と彼女は私に言った。「私の顔はいつも微笑んでいなければならないために痛いの。私はおかしな食べ物を全部食べてきたので、今はこの服が唯一の合うものよ。私はこれを何回も着てきたので、これは私のアパートみたいになったわ」

私はここに来る前にどこに行ったか尋ね、彼女はフランス、スペイン、イギリスに行き、その前はイタリアの作家の保養所で二週間過ごした、と言った。保養所は名もないところの真ん中の丘の上の城の中にあった。一人で瞑想するところとしては、そこはかなり忙しかった。そこは亡くなった夫のお金を作家や画家に囲まれて過ごすのに使うことが好きな伯爵夫人のものだった。夕べには、彼女と一緒にディナーのテーブルに着き、非常に興味深い会話を提供することが期待された。伯爵夫人が自分で作家を選び、招待した。そのほとんどが若い男性だった。実際、リンダの他には一人しか女性の作家はいなかった。

「私は太っていて四十歳」とリンダは言った。「そして、もう一人は同性愛者、だからわかるでしょう」

作家の一人、若い黒人の詩人が二日目に逃げた。伯爵夫人は特にこの詩人を獲得したことを誇りに思っていた。彼女は聞いてくれる人には誰にでも彼のことを自慢した。彼が去るつもりだと言うと、彼女は興奮して、懇願し、説明を求めたが、彼は彼女の嘆きに心を動かされなかった。ここは彼にとって適切な場所ではない、と彼は言った。彼はそこで快適ではなく、仕事ができなかった。彼は鞄に荷物を詰め、伯爵夫人がタクシーを呼んで彼を助けることを拒否したので、彼はバスに乗るために村まで三マイル歩いた。彼女は二週間の残り時間、聞いてくれる人には誰にでも冷たく彼と彼の作品を酷評した。リンダは自分の部屋から彼が長く曲がりくねった道を下って消えていくのを眺めていた。彼女は同じことをしたいと思ったが、同時にそうすることはできないことがわかっていた。理由は彼女のスーツケースの巨大な大きさのように思われた。また、彼女は自分の靴で三マイル歩けるかどうか確かではなかった。代わりに、彼女は谷の美しい風景が見える骨董品がたくさんある部屋に座って、一時間経ったと思いながら時計を見る度に、十分しか過ぎていないことがわかった。

「私は一言も書けなかった」と彼女は言った。「私は読むことさえできなかった。机の上に骨董品の電話があって、私は誰かに電話をかけて、来て私を助けてくれることを願い続けた。ある日、とうとう私は電話をかけたけれど、それはつながっていなかった――それはただの装飾品だったのよ」

出版社の人は短い甲高い笑い声を立てた。

「でも、どうしてあなたを助けなければならないのですか？」と彼は言った。「あなたはイタリアの美しい田園地帯の城に座って、自分の部屋があり、あなたを困らせる人は誰もいなくて、自分の仕事をする完全な自由がある。ほとんどの人にとって、それは夢見ることですよ！」

「わからないわ」とリンダはぼんやりと言った。「それは何か私がおかしいということを意味するに違いないと思う」

城の彼女の部屋には絵画や素晴らしい革装本や高価な敷物がたくさんあった、と彼女は続けた。そして、ベッドのリネンは豪華だった。すべての細部に至るまで上品で、すべてが清潔で、磨かれ、香りがつけられていた。しばらくして、彼女は部屋の唯一の不完全なものは自分自身であることに気づいた。

「私たちのアパート全体がその一つの部屋にぴったりおさまったわ」と彼女は言った。「大きな木製の洋服ダンスがあって、私はそれを開けたままにして、そこに夫が住んでいて、鍵穴から密かに私を見張っているのを見るのではないかと思った。でも結局」と彼女は言った。「私はまあ夫がそこにいるのを見たいと思ったのだと思う」

　彼女の窓の真下に美しいプールがあるテラスがあったが、彼女は誰かがそこで泳いでいるのを見たことがなかった。プールの周りにはゆったりした椅子が置かれていて、そこに行って、横になると、召使が自動的に出てきて、盆に載せた飲み物を持って来るのだった。彼女は自分ではそれを味わったことはなかったが、こうしたことを数回目撃した。

「何故しなかったのですか？」と出版社の人が愉快そうに言った。

「もし私がそこに行って、横になっても、召使が出て来なかったら」とリンダは言った。「何かひどいことを意味したでしょう」

　毎朝、伯爵夫人は金色の部屋着を着て現れ、太陽の下で花に囲まれたゆったりした椅子の一つに横になるのだった。彼女は部屋着を開け、痩せた褐色の体を見せて、日光浴をするトカゲのようにそこに横たわっているのだった。数分後に、他の作家の一人が、まるで偶然のように、いつも通り過ぎるのだった。それが誰であれ、その人は伯爵夫人に話しかけ、時には長い間話した。自分の部屋から、リンダは彼らが話したり笑ったりするのが聞こえた。こうした作家たちは、陰では後に不利になるような証拠を残さない慎重で機知に富んだやり方で伯爵夫人を馬鹿にした、と彼女は続けた。それは彼らが夫人を愛しているからなのか、嫌っているからなのか、リンダにはわからなかったが、しばらくして、彼女はどちらでもないことに気づいた。彼らは何も愛することも嫌うこともなかったか、あるいは少なくともそのように思われた。彼らは決して本心を打ち明けないことを習慣にしていた。

食事時には、伯爵夫人はほんの少ししか食べ物を食べず、それから煙草に火をつけて、非常にゆっくりと吸い、そして自分の皿の上でもみ消すのだった。彼女はディナーのために、ぴったりとして襟ぐりの深い長いドレスを着て、いつもたくさんの宝石――金やダイヤモンドや真珠――を腕や指や首の周りにつけ、耳からも宝石を下げていたので、彼女は薄暗い食堂の光の中心になった。言い換えれば、彼女に注目しないことは不可能だった。彼女はテーブルを囲む人々をうっとりとした、キラキラ光るタカの目のような目つきで眺め、猟場を密かに探る捕食動物のように会話を聞いていた。彼らは夫人を意識していたので、誰もが機知に富んで興味深いことを言おうと努力した。だが、彼女は自分を隠さなかったので、会話は決して現実的ではなかった。それは会話をしている作家を真似ている人々の会話だった。そして、彼女の食べる少量の食べ物は、生気がなく不自然で、直ぐに彼女の足元に置かれるので、彼女の満足の光景もまた不自然だった。彼らはみなこの不自然なことに協力したが、彼らは誰も実際そこから何か得ているとは思われなかったので、それは困惑させることだった、とリンダは言った。伯爵夫人は髪を頭の上高く結い上げていたので、彼女の首は非常に脆いように見え、それで手を伸ばして、両手で首を二つに折ることができるように思われた、と彼女は付け加えた。

この言葉に、出版社の人は驚いて叫ぶような笑い声をあげ、リンダは無表情に彼を見た。

「実際、私は首を折らなかったわ」と彼女は言った。

こうした食事時は苦痛だった、と間もなく彼女は再び話し始めた。それは彼らの相互の堕落の雰囲気だと彼女が気づいたためだけでなく、また彼女は非常に緊張したので、胃が一つの大きな筋肉の塊りのように感じられ、食べ物を食べることができなかったからだった。実際、多分彼女は伯爵夫人よりさらに少ししか食べなかっただろう。そしてある晩、伯爵夫人は彼女の方を向いて、キラキラ光る目を驚いて見開き、リンダがほんの少ししか食べないのに非常に大柄なことに驚きを表した。

「私は彼女がそのことに腹を立てているのかもしれないと思った」とリンダは言った。「というのは、女中が残した食べ物がたくさんあるお皿を下げなければならなかったからよ。でも実際、それは彼女が私に興味を示した唯一の時だった。まるで彼女が考える他の女性との友情は、自分を苦しめる瞬間を共有することだけのように。そして実際、女中がテーブルをきれいにしたり、新しいコースを持ってくる度に、私は立ち上がって、彼女の手伝いをするのを止めなければならなかった」

　家では彼女は普通家事をすることを避けていた、と彼女は続けた。何故ならこの種の仕事は、自分は非常に重要ではないと感じさせたので、後で何も書くことができなかったからだった。ほとんどの時、彼女は自分が女性であることについて考えないか、あるいは自分が女性であると思いさえしないのに、こうした仕事は、自分は普通の女性であると感じさせると思った。何故なら家ではそのことは話題にならなかったからだった。夫が家事のほとんどをした、と彼女は言った。何故なら彼は家事をするのが好きで、家事は彼女に与えるような影響を彼には与えなかったからだった。

「でもイタリアでは、もし私が家事のような決まりきった仕事をすれば、私の存在が正当化されると感じ始めたわ」と彼女は言った。「私は夫がいなくて寂しいとさえ感じ始めた。私は彼について、私がいつも彼に対してどんなに批判的であるかについて考え続け、ますます何故私が彼を批判したか思い出せなくなった。何故なら彼のことを考えれば考えるほど、彼は私の頭の中でますます完璧になったからよ。私は娘について、彼女がどんなに可愛くて純真かについて考え始め、彼女と一緒にいると時々ハチの群れと一緒に部屋に閉じ込められているように感じることを忘れてしまった。私はいつも著作の保養に行くことを空想していた」と彼女は言った。「そして、アパートで馬鹿なことで夫や娘と口論するよりも、夕べに座って他の作家たちと話ができることを。でもその時、私は出て行かれるまで日にちを数えていたけれど、私が望んだことは、また家にいることだけだった。ある夜、私は家族に電話したの」と彼女は言った。「そして、夫が電話に出て、私だと言ったら、彼はほんの少し驚いたようだった。私たちはしばらくの間話をし、それから沈黙があって最後に彼はどうしたの？　と言ったわ」

出版社の人は急に笑い出した。「なんてロマンティックなんだ！」と彼は言った。

「それで、私はそこではどうしているのか、と彼に尋ねた」とリンダは言った。「そして、彼は何も、僕たちはただのんびり（プートリング）しているだけだよ、と言ったわ。夫はそういう気取った英語を使う習慣があるの」と彼女は付け加えた。「それには少しイライラさせられるわ」

「それでは、あなたがいなくて寂しいと思った人は彼ではなかったのですね」と出版社の人は満足した様子で言った。

「そう思うわ」とリンダが言った。「そのことはかなり私に正気を取り戻させてくれた。急に私は私たちのアパートを完全にはっきりと見ることができた。私たちは電話で話していて、私はゴミの袋の一つが前に漏れたところの玄関の絨毯のしみや食器戸棚の扉がみんな曲がっている台所やニカラグアとまったく同じ形のひび割れのある浴槽が見えた」と彼女は言った。「私はそこにいつもある排水溝の臭いまでかげた。その後、状況は良くなったわ」と彼女は腕を組み、バーの向こうの結婚披露宴を見ながら、言った。「実際、私は楽しんだ。毎晩、私はパスタをおかわりしたわ」と彼女は付け加えた。「伯爵夫人の顔は見る価値があった。そして、他の作家の何人かは、宣伝されたように、とても興味深いことがわかったことを認めるわ」

それでも二週間後に、ありがたかったけれど、彼女はうんざりした。男の人、小説家がいて、彼は直ぐにフランスの邸宅に行き、それからその後スウェーデンの邸宅に行くことになっていた。彼は全人生を、彼女の見る限り、デザートだけを食べているように、自分が書いたものに与えられた賞金だけで暮らしていた。彼女はそれが健全かどうかわからなかった。だが、ある晩、彼女はある作家と話をし、彼は毎日執筆しようと座った時に、彼にとって何の意味も持たないものを考え、その日の仕事のどこかにそれを入れることに取り掛かるのだった。彼女が例を示して欲しいと言うと、彼はここ数日芝刈り機、贅沢な腕時計、チェロ、籠に入れられたオウムを選んだと言った。チェロは唯一上手くいかなかったが、それは彼がそれを選んだ時、子供の頃両親が彼にその楽器を習わせようとしたことを忘れていたからだった。彼の母親はチェロの音が大好きだったが、彼はひどく下手だった。彼の出す、鳴くような音は、母親が思っていたものとはまったく違い、結局、彼はチェロをあきらめた。「それで、彼の書く物語は」とリンダは言った。「チェロの天才の子供についてだけれど、非常に誇張され、信じ難いほどだったので、彼はそれを放り出さなければならなかった。こうしたものについて重要な点は、それらは物事をありのままに見るのを助けてくれることだ、と彼は言ったわ。ともかく」とリンダは言った。「私はそこに来て以来一語も書いていなかったので、それを試してみると言い、始めるのに何か言葉をくれないかと彼に頼むと、ハムスターはどうか、と彼は言ったの」と彼女は言った。「籠に入った小さい柔らかい毛で覆われたものよ」

彼らの住む建物ではペットを飼うことが禁止されていたので、確かにハムスターは彼女にとっては何の意味も持たなかった。そして家庭内での人間の三角関係を描くのにこの動物は力を与えてくれた、と彼女は言った。彼女は前に家族の原動力について書こうとしたが、どういう訳か、彼女の心の冷凍庫からそれがどんなに冷たく出てきても、いつも結局は彼女の手の中でどろどろの状態になってしまった。問題は、他の誰もが見られない素材——自分の感情——を使って、夫と娘について書こうとしていたことであることに、彼女は今気づいた。ハムスターという確固とした事実は大きな違いを生じさせた。ハムスターが閉じ込められていることはリンダの神経にさわっているのに、彼らがそれを撫でたり、じゃれたりしているのを、そしてハムスターが彼らの絆を強固にして、彼女がのけ者にされる様子を彼女は書くことができた。飼いならされ、閉じ込められた愛の対象を必要とする愛とはどんなものなのだろうか？　そして、もし分け与えられる愛があるのならば、何故彼女は得ていないのだろうか？　娘がハムスターを申し分のない友達だと思っているのなら、夫はその機会を利用して注目を妻に戻すことによって状況は完全になるかもしれない、とリンダは思ったが、事実は反対だった。彼は娘を前よりも一人にしておかなかった。彼女が籠に近づく度に、彼は立ち上がって、彼女のところに行ったので、リンダは彼は実際はハムスターに嫉妬していて、娘の気持ちをつなぎ留めておく方法としてそれを愛しているふりをしているだけなのだろうか、と思った。彼は密かにハムスターを殺したがっているのではないか、とリンダは思い、そして、その間彼女は彼が自分に対する興味を取り戻す可能性についてどちらとも決めかねる思いを抱いていることに気づいたので、ハムスターを生かしておくことは彼女にとって重要になった。時々彼女は人間関係の相互の自己愛の意識しない犠牲者としてハムスターを可哀そうだと思った。二匹のハムスターを一つの籠に入れると、結局はお互いに殺し合うので、彼らは一匹で生きざるを得ないということを彼女は聞いたことがあった。夜、彼女は車輪の上をハムスターが激しく走る回転する音で目を覚ました。一つの版では、娘はハムスターを非常に愛するようになったので、彼女はそれを自由にする。だが最終版では、それを自由にするのはリンダ自身で、娘が学校に行っている間に、籠を開けてそれを素早くアパートの外に出す。さらに、彼女は娘にそる。

の朝間違って籠の扉を開けたままにしたので、それ故咎められるのは彼女であると思わせ

「それは良い話だわ」とリンダはきっぱりと言った。「私の代理店がそれを『ニューヨーカー』に売ったところよ」

それでもパスタを食べて太ったこと以外には、彼女は旅から何を得たのかわからなかった。夫に電話して、つながれておらず漂っている感覚に終止符を打ったために、何かを理解する機会を失ったかもしれない、と彼女は思った。彼女はヘルマン・ヘッセの小説を読んでいて、そこで彼は似たようなことを書いていた。

「その登場人物は川の傍に座って」と彼女は言った。「影と光が水の上に作る形を、それから水面の下の魚かもしれない奇妙な形を見ていたけれど、それは直ぐにまた消えてしまい、彼は自分が表現できない、そして誰も言葉を使って表現できないものを見ていることに気づくの。そして、まあ彼が表現できないものが本当の現実かもしれないと感じるのよ」

「ヘッセは今は完全に流行遅れです」と出版社の人は否定するように手を振って言った。

「彼を読んでいるのを見られるときまりが悪いのです」

「それは何故飛行機の中でみんなが私を変な目つきで見ていたかの説明になると思う」とリンダが言った。「私は顔の半分しか化粧をしていなかったためだと思ったわ。ホテル

に着いて、鏡を見て、片方しか化粧をしていないことに気づいたの。多分気づかなかったのは、私の隣に座っていた女性だけでしょう」と彼女は言った。「彼女は私を横から見て、比較する反対側を見なかったから。ともかく、彼女自身がかなり奇妙に見えた。彼女は体のほとんど全部の骨を折って、病院から戻ってきたところだ、と言ったわ。彼女はスキーヤーで、吹雪の中を絶壁でスキーをした。彼女は再び組み立てられるのに六か月かかった。彼らは金属の棒を使って、彼女の折れた骨を固定したのよ」

飛行機に乗っている間に、女性は事故の話を語った、とリンダは続けた。それはオーストリアのアルプスで起こったが、その女性はスキーのガイドとして働いていた。天気予報は悪かったのだが、彼女はあるグループを連れて行った。というのは、このグループは熱狂的なスキーヤーで、一年のその時期に粉雪の状態が非常に良い、危険なことで有名な滑走コースを滑ろうと決めていたからだった。彼女の判断に逆らって、彼らは熱心にそこに連れて行くように頼み、病院にいた六か月の間、彼女はその時起こったことの彼らの責任の程度について考える機会は十分にあったが、結局、どんな圧力も決定は自分がしたという事実を隠すことができないことを彼女は受け入れた。実際、彼女と一緒に誰も断崖の端に行かなかったことは奇跡だった。何故なら彼らはみんな吹雪のためにそこで動けなくなる前に下りたいと思って非常に速く滑ったからだった。事故の前の瞬間、彼女は山が彼女の自由を一瞬のうちに取り消すことができることをわかっていたが、自分自身の力とまた自分が自由であるという驚くべき感覚を感じたことを覚えていた。だがそうした瞬間、突然それは子供のゲームのように、現実を離れる機会のように思われ、断崖に行って、彼女の下で山が崩れた時、彼女は飛ぶことができるとほとんど思った。次に起こったことは、自分では覚えていなかったので、他の人々の話をつなぎ合わせなければならなかったが、グループは彼女は落下を生き延びられずに死んだと思ったので、彼らは彼女なしに山を下りることをためらわなかったようだった。二日後に、彼女は山の避難所へ歩いて行き、そこで倒れた。彼女はたくさんの骨が折れているのに、どうして歩くことができたか、誰にもわからなかった。それは不可能なことだが、彼女は否定の余地なくそれをやり遂げたのだった。

「私はそれが起こった時、彼女はどのように思ったか尋ねた」とリンダは言った。「そして、彼女は骨が折れていることをまったく知らなかった、と言った。彼女は痛みさえ感じなかった。彼女がそう言った時」とリンダが言った。「突然、彼女は私について話しているように感じられた」

私がどういう意味かと尋ねると、彼女は長い間黙って、顔に感情を表さずに席にぐったりと座っていたので、彼女は答えないかもしれないように思われた。

「それは子供を産むことを思い出させたと思う」と彼女はやっと言った。「自分の死を切り抜ける」と彼女は付け加えた。「そしてそれから、それについて話す以外には何も残っていない」

説明するのは難しいけれど、彼女の金属の女性との類似感は、壊され、そしてそれから破壊できない、不自然で、多分自滅的な彼女自身の姿に再び組み立てられる過程から起こったように思われた、と彼女は続けた。言ったように、自分の死を切り抜けると、それについて飛行機で知らない人にあるいは聞いてくれる人には誰にでもそのことについて話す以外には何も残っていなかった。新しい死に方を見つけたいと思うのでなければ、と彼女は言った。断崖をスキーで滑るのは良いように思われ、そして彼女はパラシュートを開くことに逆らえるかどうかを見るためだけに誰かにお金を払って飛行機に乗せてもらうことを考えたが、結局、書くことが彼女をその道を下らないようにさせておくものだった。書いている間は、彼女は自分の体の中にも外にもいなかった。彼女はただ体を無視していた。

「家庭で飼う犬のように」と彼女は言った。「その犬を好きなように扱えるわ。それはたとえ自由がどんなものか覚えていても、それは決して自由になることはないでしょう」

私たちは部屋の向こう側の結婚披露宴を見ながら座っていたが、そこでは誰かがスピーチをしていて、花嫁と花婿は微笑みながら並んで立っていた。時々、花嫁は下を見て、ドレスの表面を撫でるのだった。そして彼女がまた見上げる度に、微笑みがまた浮かぶまで一瞬があった。私たちが座って見ていると、催しのTシャツを着て、紙ばさみを持った、急いでいるように見える若い女性が、私たちのテーブルに来て、聴衆が待っていると言った。出版社の人は席からすっと立ち上がり、奇妙に花嫁の動作に似ている動作でブレザーの表面を撫でた。立ち上がると、リンダは彼よりずっと背が高かった。私たちは一列になって彼の後からついて行った。私は彼女が高いヒールの靴でどんなに注意深く歩かなければならないかに気づいた。

インタビュアーは外のホテルの庭で待っていると私は言われていた。くぐもった車の流れのどよめきが近くの通りから聞こえてきた。彼女は花壇と砂利の小道の間のベンチに座り、丘の下の街を眺めていたが、そこでは黒い蛇のような形の川が古い町を蛇行し、両側にある複雑な建築物によって遮られていた。大聖堂の黒ずんだ忍び返しが屋根の上に突き出ているのが見えた。

この街では、車でどこかに行くと事実上なかなか目的が達せられないので、彼女は列車の駅から真っすぐに歩いて来た、と彼女は言った。戦後の道路の組織網は明らかに二つの地点を結ぶことを考えずに作られたものだった。巨大な高速道路が街を貫かずに街を回っていた、と彼女は言った。どこかに行くには、あらゆるところに行かなければならなかった。道はいつも車でいっぱいだったが、目的地にはたどり着かないように思われた。彼女は街の中心を通って快適に歩いてきた。彼女は立ち上がって、私と握手した。

「実際」と彼女は言った。「私たちは前に会ったことがあるわ」

そうね、と私が言うと、痩せた顔の彼女の大きな目が一瞬輝いた。

「あなたが覚えていらっしゃるかどうかわからなかったわ」と彼女が言った。

それは十年以上前のことだったが、出会いはずっと私の心に留まっていた。彼女はこの年月私がしばしば思い出し、今でもまだはっきりと思い出すようなやり方で、自分の故郷と暮らしについて話した。彼女が住んでいる町——ここからそう遠くないことは知っていたが、私が行ったことのない場所——とその美しさの彼女の描写は特に念入りだった。前にも言ったように、それはどうしてそうなのかと思うほどよく私の心に蘇ってきた。理由はその描写は私にはできないと思うほど決定的だったからだと思った。彼女は夫と子供たちと家庭を持っている静かな地域について、車が通れないほど狭いのでほとんどみんなが自転車で移動する丸石で舗装された道や、高いほっそりとした切妻造りの家々が、静かな運河の柵の背後に少し離れて立っていることや、運河の土手には大きな木々が立っていて、太い腕のような枝を伸ばしているので、それらは静けさの中に映し出された山のように下の緑の水に写った影を投げかけていることを話した。窓から、下の丸石の歩道を通る足音やたくさんで流れるように通り過ぎる自転車のシューという音やビューという音が聞こえた。そしてとりわけ、町の多くの教会の絶えることなく鳴る鐘の音が聞こえたが、それは毎時間だけでなく十五分と三十分を鳴って知らせたので、時間のそれぞれの区分はそれから花咲く沈黙の種になり、ほとんど自己描写のように思われるもので大気を満たした。屋根の上を横切ってあちこちで聞こえるこうした鐘の会話は夜も昼も続けられた。観察と同意のそのリズム、その討論の数節、その少し長い物語——例えば、朝課と晩課、そしてなかでもとりわけ、日曜日に繰り返して鳴り、ついには招集の喜びに満ちた耳をつんざくような主題の提示が来る鐘の音は——子供の頃両親の会話に、まるで全世界の目録を作っているかのような、隣の部屋でいつも起こったそれぞれのことについての話し合いに、観察し、注目する彼らの話声の高低に慰められたように、彼女を慰めた。町の静けさの特質に、どこか他のところに、車の流れやレストランや店の耳障りに響く音楽の単調な音や、建物が絶えず取り壊され、それからまた建てられる終わりのない工事現場の不快な音で大気が満たされるところに行った時にだけ、彼女は本当に気づくのだった。家に静けさが戻って来ると、そういう時には、静けさはとてもすがすがしいので、冷たい水の中で泳いでいるように感じられ、彼女はしばらくの間、鐘は静けさを乱すどころか、実際どんなにそれを守っているかに気づくのだった。

彼女の生活の描写は時のメカニズムの中で生きる生活の描写として私の心を打った、と私は今彼女に言った。そして、その生活は誰もが望ましいと思うかどうかはわからないが、少なくともそれは人々の生活を喜びであれ、苦しみであれ、極端なものに駆り立てる要素を欠いているように思われた。

彼女は優雅な眉毛を上げて、頭を一方に傾けた。

その要素はほとんどサスペンスと呼べるようなもので、それは私たちの人生は謎によって支配されているという概念によって生じたように私には思われた。だが実際は、謎はまったくなかった。私たちは年取り、苦しみ、そして死ぬ。誰もが同じ運命であり、それは謎ではまったくなかった。私たちが会ってからの年月、私はよく彼女のことを思い、それが啓示されればすべてが明らかになる何か知識が私に与えられていないという疑いによって私自身が極端なことに駆り立てられる時に、彼女の話を考えるのだった。彼女は夫と二人の息子について、彼らが送る素朴できちんとした生活、ほとんど変化がなくそれ故あまり無駄のない生活について話し、それは決して似てはいないのだが、彼女の生活のある細部が私自身の生活を映しているという事実は、私の状況をありのままの見方でしばしば見させた。私は暴力の行為としてか単に誤ってしたかわからないが、鏡を壊してしまった、と私は言った。苦しむことはいつも好機のように思われたが、それが本当であるかどうか、もし本当なら何故なのかを見つけられるか私にはわからなかったが、それはそれまで好機が何のためなのか理解できなかったためだった。離婚の苦しみに耐え抜いて生きたことで私は成長した。苦しみに耐えて生き抜くことは真実を見つける方法であった。私が人生で見つけた真実は、そのような苦しみを経験しなかった人の真実と同じかもしれなかった。真実とは何であろうか？　私たちは結局同じところに行きついた。

インタビュアーは軽い痩せた脚を優雅に組んで、顔には厳しい表情を浮かべていたが、顔は特に目の下に深い皺があり、陰で暗くなり、そこの肌はほとんど傷つけられているように見えた。彼女が聞いている間、頭は曲げられ、黒い花の頭部のように、長い細い首の上に垂れていた。

「私は認めるわ」と彼女はとうとう言った。「私の生活についてあなたに話し、あなたを羨ましく思わせたことに喜びを感じたことを。私は自分の生活を誇りに思っていた。そう、私は物事を台無しにするのを避けてきて、それは運が良かったからというより自分の勤勉さと自制によるものだと思っていたことを覚えているわ。でも、まるで自慢しているように見えないことは重要だった。その頃いつもまるで私には秘密があるように感じた」と彼女は言った。「そしてそれを漏らしたら、すべてがダメになってしまうことがわかっていた。そして夫を見て、彼にも同じ秘密があることがわかり、彼も決して言わないことがわかっていた。何故ならそれは俳優たちが演じている体験を密かに共有するように、それは私たちが共有する何かで、もし彼らが公然とそれを認めたら場面を台無しにしてしまうからだった。俳優は観客が必要だわ」と彼女は言った。「そして、私たちもそうだった。何故なら喜びの一部はそれを言わずに私たちの秘密を見せることだったから」

何年にもわたって、彼らは同年配の人々があれやこれやの障害物で倒れるのを眺め、こうした危機にある人々を助けようとさえしたが、それはただ彼らの優越感を増すだけだった。彼女が私に会った頃、彼女にはひどい離婚を経験した良い友達がいて、彼女は彼らの家で多くの時間を過ごし、援助や助言を得た。二つの家族は親密で、たくさんの夕べや週末や休暇を一緒に過ごしたが、今や完全に異なった現実が明らかになった。毎日、この友達は何か恐ろしい話を持って現れるのだった。彼女が家にいない時に夫がトラックでやって来て、家具を全部持って行ってしまったとか、夫が子供たちの面倒を見る番なのに、彼は彼らを週末ずっと放っておいたとか、それから、彼は彼女にずっと住んできた家を無理に売らせようとしたり、彼らの友達のところに行き、彼女についてとてもひどいことを言って、彼女に対して偏見を抱かせたという話を彼女はした。彼女は私たちの台所のテーブルに向かって座り、こうしたまったく衝撃的で唖然とするような話を打ち明け、夫と私は耳を傾け、彼女を慰めようとした、とインタビュアーは言った。でも、同時に彼女を眺めることはある種の喜びを私たちに与えたけれど、喜びは私たちの暗黙の秘密だったので、私たちは決してそのことをお互いに認めようとしなかった。

「実のところ」とインタビュアーは続けた「夫と私はかつてこの女性と彼女が結婚した男性を羨ましく思い、一時期、彼らの生活は様々な面で私たちの生活より優れているように思われたわ。彼らは活発で冒険好きな人たちだった」と彼女は言った。「そして、彼らは子供たちと一緒にいつも異国の旅行に出かけ、彼らはまたセンスがとても良かったので、彼らの家は美しく珍しいものがたくさんあったけれど、それは彼らの創造力と高い教養を示すものでもあったわ。彼らは絵を描き、楽器を演奏し、非常にたくさんの本を読み、家族として私たちの家族の活動よりももっと自由で楽しいようにいつも思われるやり方で行動した。私たちが彼らと一緒にいる時だけ――」と彼女は言った――「私は私たちの生活や性格や子供たちの性格に不満を抱いた。彼らは私たちよりもっと多くのものを持っているので、私は彼らを羨み、それが当然だと思わせるために彼らが何をしたかわからなかった」

要するに、彼女はこの友達に嫉妬していたが、この友達は自分の置かれている状況や母親であることの不公平や家庭を築くことに伴う家事の屈辱についていつも不平を言った。だが、唯一彼女が不平を言わないものは彼女の夫だったが、多分このために、この夫がインタビュアーが中でも一番羨むものとなり、自分の夫は彼女にとって不十分だと思わせるまでになった。彼は彼女の夫より大柄でハンサムで、非常に魅力的で社交的で、非常に多くの肉体的そして知的な才能を持っていて、する試合にはすべて勝ち、どんな話題でも他の誰よりもいつももっと多くのことを知っていた。その上、彼は非常に家庭的で、すべての時間を子供たちと庭仕事をしたり、料理をして過ごし、彼らをキャンプやセーリングに連れて行った。中でもとりわけ、彼は妻の不平に同情的で、いつも彼女を励まして、女性であることの苦労や苦痛に憤慨したが、それから彼女を解放するために彼自身が多くのことをした。

「私の夫は」と彼女は言った。「肉体的に自信がなく、また非常に多くの時間を法律事務所で過ごしたので、私たち家族の日課の多くに参加できなかったけれど、こうした彼ができないこと――それは私にとって密かな憤りや怒りの感情の原因だった――を私は精力的に隠し、代わりに彼が重要であることやどんなに懸命に働くかについて自慢したので、私はこうした感情を自分で否定することにほとんど成功した。私たちがこの夫婦と一緒にいる時だけ、真実が明らかになる恐れがあり、夫は私が思っていることを推測しているのではないか、あるいは私がこの別の男性に恋をしているかもしれないと疑っているのではないかと思った。でも、それが愛ならば」とインタビュアーは言った。「それは聖書が貪欲と呼ぶようなもので、私の友達の夫は欲しいと思われることを何よりも楽しんだ。私は体面を保つことにそれほどひたむきな男性に会ったことがなかった」と彼女は言った。「彼の人格は男らしかったけれど、彼の中に何か女性的なものを見るようになるほどだった。私は彼にとても親近感を感じ、私が夫が奴隷のように仕事に専念することを自慢し、彼も同じように妻の味方をしながら、女性として何か威厳を損なうような彼女の生活の一面を口にする時に特にそうだった。ある意味で、私たちはお互いに認め合った。私たちは自分たち自身が好きなようにお互いが好きだったけれど、もしそうしたら私たちが描いた私たちの生活の絵が完全に損なわれてしまうので、もちろん何も口には出さなかった。かつて私の友達は私に言ったの」と彼女は続けた。「彼女の母親が彼女は夫に値しないと。そしてその時」とインタビュアーは言った。「私は密かに同意したけれど、離婚では、こうした言葉はまったく反対の意味を持ったの」

台所のテーブルで新しい話を聞いて、彼女はだんだんこの男性の性格を疑わなければならなくなったが、一時期はそれをとても魅力的だと思い、今でも自分の前に証拠があるのに、非難するのが難しかった。彼女自身の夫は仕事で疲れ切っていて、着替えをする暇もなかったのに、友達が話す間、座って辛抱強く優しく聞いているのを彼女は見て、彼を選んだことの自分の良いセンスに新たに驚きを感じるのだった。友達がこの男についてひどいことを言う度に、ますます彼女は彼をどんなに好きだったかを誰にも気づかれないようにと願い、友達が彼がしたことを誇張しているのかもしれない、とまだ密かに思ったが、彼女は彼を厳しく非難し始めた。そして、夫も彼についていつになく批判的だったので、夫は彼のことを実際ずっと嫌っていたことに彼女は気づき始めた。

「まるで私たちの間で」と彼女は言った。「私たちは何らかの方法で彼らの家庭生活の破壊を引き起こしたかのように、まるで私の密かな愛と彼の密かな憎しみが彼らの争いの目標を破壊することを企んだかのように思われ始めた。毎夜、友達が帰った後で、私たちは座って彼女の状況について静かに語るのだったけれど、それはまるで私たちが一緒に物語を書いているように思われた」と彼女は言った。「そこでは、現実には決して起こらないことが起こり、正義がなされたけれど、それはすべて私たちの頭から来るように思われた。ただし、それは現実に起こっていたのだった。私たちはしばらくの間前よりも親密になった。それは私たちの結婚で良い時だったわ」と彼女は苦々しい微笑みを浮かべて言った。「それはまるでその友達の結婚生活で私たちが羨ましいと思っていたすべてのものが解き放たれて、私たちに譲られたかのようだった」

彼女はまだ微笑みながら向きを変えて丘の下の街を見下ろしたが、そこではたくさんの車が川の傍の道に沿って動いていた。彼女の鼻の特有な形は正面から見ると端正な彼女の顔を少し損なっていたが、横から見ると美しかった。それは先が上を向いていて、しし鼻で、まるで誰かが運命と形の関係を示すために自由に描いたかのように鼻柱が深いV字形だった。

彼女の話は、人間の生活は語りの法則と語りが主張する報復と正義の概念によって支配されていることを示しているようだが、実際は、その幻覚を創るのは単に出来事の彼女の解釈に過ぎない、と私は言った。言い換えれば、その夫婦の離婚は、彼女の密かな彼らに対する妬みや彼らの失脚を願う彼女の気持ちとは何の関係もなかった。彼女の周辺に起こったことに彼女がかかわったと思わせるのは——すでに私が言ったように、これまでの年月ずっと私の心を動かした——物語を語る彼女の自身の才能であった。だが、彼女の願望が他の人々の人生を形作り、彼らを苦しめさえしたのではないかという疑いは、彼女に罪悪感を持たせなかったようだった。語りの衝動が——一般的に思われているように——物事を意味のある方法でまとめる必要性よりも、罪の意識を避けたいという願望から発生しているかもしれないというのは興味深いことだった。言い換えれば、それは私たちの責任を取り除く計算された戦略であった。

「でも、あなたは過去の年月ずっと私の話を信じたのでしょう」と彼女は言った。「私はあなたがそうするとは期待していなかったし、私自身が自分の人生を受け入れることができるように、多分私はそれを羨ましく見せたかっただけなのだけれど。私の仕事は」と彼女は言った。「女性たち——政治家やフェミニストや芸術家——女性の経験を公にして、その経験のあれこれの側面に対して正直であることを厭わない女性たち——をインタビューすることだった。彼女たちの正直さを表現するのは私次第だった」と彼女は言った。「一方同時に、彼女たちがフェミニストの理想や政治的な信念に従って行動するやり方で生きることがあまりにも臆病であることを表現するのも。私自身の生き方が」と彼女は言った。「それ自身の勇気を、一貫した勇気を必要とすると考える方が容易かった。そして、私はこうした女性たちが経験した困難なことを楽しむようになり、同時に彼女たちに同情しているように見せかけた」

「子供の頃」と彼女は言った。「私は二歳年上の姉をよく見ていた。彼女は何であれ物事の矢面に立ったけれど、私は母親の安全な膝の上でそれをすべて眺め、彼女が上手くいかなかったり、間違いをした時にはいつも、私は自分の番が来たら、同じようなことをしないようにと心に留めた。よく激しい言い争いがあったわ」と彼女は言った。「姉と両親の間で、そして私はそうした議論の原因ではないためにそこから利益を得たけれど、こうしたインタビューでも私は似たような立場にいることに気づいた。私は利益を得ているように思われた」と彼女は言った。「こうした著名な女性ではないという単なる事実から。一方、彼女たちはある意味で私の大義のために戦っていた。丁度姉が私が同じ年になったら容易く与えられるある種の自由を要求して私の大義のために戦ったように。私はいつかこの特権に対して償いをしなければならないかもしれないと思い、もしそうなら、それは女の子という形で来るかもしれないと思ったので、妊娠する度に、強く男の子であるようにと願い、私の願いが認められるのは不可能であるように思われた。でも、毎回私の願いはかなえられた」と彼女は言った。「そして、かつて姉があらゆることに苦戦するのをいつも眺めたように、彼女が娘たちで苦戦するのを眺め、よく見ることによって彼女の間違いを私は避けてきたことがわかって満足感を抱いた。多分この理由のために」と彼女は言った。「姉が何かで成功した時、私にはそれはほとんど耐え難かった。私は彼女を愛していたけれど、彼女が勝利する光景を私は許せなかった」

「さっきあなたに話した友達は」と彼女は言った。「実は私の姉で、彼女の離婚と家族の崩壊は、私が一生待っていたことのように思われたの。その後の年月」と彼女は言った。「私は彼女の娘たちを時々見て、彼女たちの顔に表れた傷や苦しみのために彼女たちをほとんど憎んだ。何故ならこうした傷つけられた子供たちの姿は、それは結局もはやゲーム――

いわば――安全な母親の膝から見ることによって私が得をした昔の単なるゲームではないことを私に思い出させたからだった。私の息子たちは安全に日課をこなす普通の生活をずっと送っていたけれど、姉の家はひどく面倒なことで苦しめられていて、問題がないような振りをしないことによって、さらにもっと彼女は子供たちを傷つけていると思うと私が彼女に言うほど、彼女はこうした面倒なことに対して正直だった。結局、私は自分の子供たちをそうしたことにさらしたくなくなった。何故なら彼らがそのような激しい感情を見ると心を乱されるのではないかと心配したからだった。それで、それまで定期的にしてきたように、彼らを家に招いて、休暇を私たちと一緒に過ごすことを止めてしまった」

「その時点で」と彼女は言った。「私が姉の家庭から目をそらした時、彼女にとって物事が変わり始めた。私はまだ姉と連絡を取っていたのだけれど、彼女は前よりも穏やかで楽天的になったことに私は気づいた。私は彼女の娘たちの小さな成功や進歩の話を聞き始めた。ある日」と彼女は言った。「私は自転車に乗っていて、急に雨が土砂降りに降り始めた。私はレインコートを着ずに出て来て、どこか雨宿りする場所を探していたのだけれど、私は姉の家の近くにいることに気づいたの。朝早くで、彼女は家にいることがわかっていたので、私は雨の中を彼女の家の玄関の入り口までペダルをこいで、ベルを鳴らした。私はまったく汚れてびしょ濡れになり、一番古い服を着ていたけれど、姉以外の誰かが扉を開けるとは思ってもいなかった。驚いたことに、扉を開けたのは男性で、ハンサムな男性は、私を中に入れるために後ろにさがり、私の濡れているものを取り、髪を拭くためにタオルを差し出したの。私はわかった」と彼女は言った。「彼を見た瞬間、この人は姉の新しいパートナーで、彼はかつて私が羨ましいと思った夫よりずっと良い人であることが。そして実際、彼は彼女の運のそしてまた娘たちの運の変化を表していた」と彼女は言った。「私は彼女が一生のうちで初めて幸せであることに気づき、その前の不幸を経験しなかったら、彼女はこの幸せを知らなかっただろうということにも気づいた。彼女はかつて、前の夫の冷たくて利己的な性格――私たちの誰も、中でも特に彼女が気づかなかった――は癌のようだった、と言ったわ。目に見えず、それは何年も彼女の生活の中にいて、それが何なのかわからずに、彼女をますます居心地悪くさせ、ついに彼女は苦しみに駆り立てられてあらゆることをさらして、それを引き出した。私たちの母親の残酷な言葉――姉は彼女の夫に値しないという――が違った意味を持って蘇ったのはその時だった。その時は、姉がそのような夫の元を去り、明らかに彼女がその触発者であり、子供たちに取り返しのつかない害を与える冷淡な行為に彼を駆り立てたことは私たちすべてにとって説明のつかないことのように思われたけれど、彼女はその時違った話をした。彼の初期の冷淡さは、その時彼女はそれがそこにあると証明できなかったけれど、そこから子供たちを救う義務があると彼女が感じるものだった。姉は私に話したの」と彼女は言った。「彼女と夫はかつて、以前のドイツ民主共和国とシュタージの管理体制下で人々がお互いに裏切る恐ろしいやり方について議論していて、彼女は私たちは誰も自分たちの勇気や卑怯の限界を知らない、何故ならこのような特質は最近では滅多に試されないから、と主張した。彼は非常に奇妙に反対した。彼はこうした同じ状況下では自分は隣人を最初に裏切る人々の一人だと言った。それが彼女が一緒に暮らしている男の中に最初にはっきりと知らない人を見た時だったけれど、彼らが結婚生活をしている間には、彼が妻が夢想しているか作り上げているとしたら彼女を説得するのに成功したのでなければ、明らかに他にたくさんの出来事があった」

「姉の娘たちは今はますます良くなって、公的な試験で、私の息子たちよりははるかに勝っていたけれど、それでも息子たちも十分によくやったわ。私の息子たちは感じが良く、安定していた。彼らは自分で仕事を決め――一人は工学技術の分野で、もう一人はコンピューターのソフトウェアの分野で――そして、彼らが学校を卒業して世の中に出ていく準備ができた時、私は彼らが責任のある市民になることを確信したわ。言い換えれば、夫と私は私たちの義務を果たし、そして私が広く広めてきたフェミニストの信条の幾つかを取り上げて、自分のために使うことを考えたのはその時だった。実のところ、私は結婚の制限された世界の外に何があるだろうか、どんな自由や楽しみがそこで私を待っているのだろうか、と長いこと思っていた。私は自分の家族と地域社会に対して立派に振る舞ってきたように思われ、そしてそれは、私がいわば怒りも苦痛を起こさずに退き、闇にまぎれて逃れることができる時であるように思われた。そして、私の一部は自制と自己犠牲の年月に対することの報酬を受けたと思ったけれど、別の部分はこれを最後にゲームに勝ちたがっているに過ぎないと思った。姉のような女性にその過程で全世界をめちゃくちゃに破壊せずに自由と自己認識を得ることができることを示すために」

「私は旅行することを想像した」と彼女は言った。「インドやタイに質素なナップサックを持って一人で旅をし、打ちひしがれた年月の後で軽やかに素早く移動することを。私は穏やかな夕べに日没や川やそして見える山の頂を想像した。私は夫が運河の傍の家で息子たちと趣味と友達と一緒にくつろいでいるのを想像し、彼もまた解放されたように私には思われた」と彼女は言った。「何故なら二十年以上の私たちの結婚生活の間に私たちの男性と女性の特質がお互いに弱められたからだった。私たちは並んで草を食む羊のように一緒に暮らし、眠る時には慣れて何も考えずお互いに身を寄せ合っていた。私は他の男性たちがいるかもしれないと思った」と彼女は言った。「そして確かに、長い間他の男性たちが私の夢に現れたが、そうでなければ、夢はよく知っている人々や状況や心配事でいっぱいだった。でも、現れるこうした男性たちは見知らぬ人々で、私が知っていたり、会ったりしたことのある誰にも基づいていなかったけれど、彼らは優しさと欲望を持って私を認め、私も彼らの顔にかつて知っていたけれども忘れてしまったか、決して見つけられない何かを認めたけれども、それは今は夢を見ている状態の時だけ思い出せるの。勿論、私はこうした夢について誰にも言うことはできなかったのだけれど、その夢から私は耐え難いようなこの上もない幸福感を得た。でも、それは部屋の夜明けの光の中で直ぐに冷たくなり、失望になってしまった。私はいつも自分の夢について話す人たちにイライラした」と彼女は言った。「でも、私はこうした私の夢について誰かにとても話したかった。けれど、私が話せると思う唯一の人は」と彼女は言った。「夢の中の男性だけだった」

「その頃」と彼女は続けた。「夫が確認できないほど小さいが同時に無視できないような様子で変わり始めた。それはまるで彼が彼自身のコピーか模造品、同じだけれども原物の本当の性質を欠いている誰かになったかのようだった。そして、私が彼に何かおかしいのかと聞く度に、彼はいつも同じことを、まったく自分のようには感じられない、と言うのだった。私は息子たちに何か気づいたかどうか尋ね、彼らは長い間否定していたけれど、ある晩、彼ら三人でフットボールの試合に行った後で――それは定期的に彼らがすることだった――息子たちは私が正しく、彼はどういうわけか変わったことを認めたわ。彼は正常なように見え、行動したので、違いが何かわからなかった。でも、彼は本当にはそこにいなかった、と彼らは言い、私はこのいないという感覚は彼が浮気をしていることを意味しているのではないかと思った。そしてその後間もなく、ある晩台所で、彼は急に私に知らせたいことがある、と非常に陰鬱に言った。「その瞬間」と彼女は言った。「私はまるで誰かが大きな光る刃物で切り開いたかのように、私たちの全生活が裂けるのを感じた。私は台所の天井から空と戸外が見えるように感じ、壁を通して風と雨が入って来るのを感じた。私は他の夫婦が別れるのを見てきた」と彼女は言った。「そして、それはいつもシャムの双生児の分離のようで、最後には一つであったものから二人の不完全で悲しい人たちを作る、長びく激しい苦痛だった。でも、これは非常に素早く突然だった」と彼女は言った。「私たちをつないでいた綱をただ切ることで、ほとんど痛みも感じなかった。でも、夫は浮気をしていたのではなかったわ」と彼女はどんよりした灰色の空の方に頭を傾けて、数回瞬きをしながら言った。「彼が私に言わなければならないことは、一緒の生活が終わって、私は自由であるということではなく、彼が病気だということだった」と彼女は言った。「その上、それは彼の死を早めるのではなく、彼に残された人生のあらゆる面を害する病気だった。私たちは二十年結婚していた」と彼女は言った。「そして、彼はもう二十年容易く生きられるだろうが、毎日彼の自律と潜在力の側面を失い、病気は彼が人生から得たものを一つ残らず返すことを求める、ある種進展とは反対のものである、と医者は彼に言った。そして、私も償わなければならなかった」と彼女は言った。「何故なら私はもう彼を愛しておらず、多分本当には愛したことがなく、同じように彼も私を愛したことがなかったかもしれなかったけれど、私に禁じられているただ一つのことは、困っている時に彼を見捨てることだったから。これは私たちが守らなければならない最後の秘密になったでしょう」と彼女は言った。「そして一番大切な秘密に。何故ならもしこの秘密が漏れたら、他のこともすべて漏れて、人生のそして私たちが築いた子供たちの人生の全体像が破壊されたでしょうから」

「姉の新しいパートナーは」としばらくしてから彼女は続けた。「島の一つに、中でも一番美しい島に家を持っていた。私と夫はその場所に一番小さい牛小屋さえ買えるお金の余裕もなかったけれど、そこに不動産を持つことを空想した。そうすれば私たちの家族は完全になるだろうと、私たちは思ったけれど、それは私たちの手に入らない私たちがいつも欲しいと思うものだった。私は彼女のパートナーの家の写真を見たことがあった」と彼女は言った。「それは海のすぐ傍の素晴らしいところで、時には子供たちも写真に写っていた。そして、私は彼らをよく知っているけれど、彼らは幸せな見知らぬ人たちのように見えるの。でも、私はその家に行ったことがないわ」と彼女は言った。「そして、私は決して行かないでしょうが、姉はますますそこで時を過ごし、その家のある面について文句を言うので、与えられたほとんどすべてのものを拒否してきたように、いつか彼女はその家も拒否するのではないかと思った。私はもう姉の頭の中で何が起こっているかわからない」と彼女は言った。「何故なら彼女はもう私に話さないから。そして、それはこの事実は——彼女の生活には今や秘密があり——結局、彼女は自分の持っているものにしがみつくだろうということを私に示すものだわ。彼女は私に二度と会いたくない、多分誰にも会いたくないのだと私は感じる。彼女は旅の、私が全人生を彼女が送るのを眺めるのに使った旅の終わりに来て、私は相反する感情を持って眺めてきたけれど、彼女は自分の欲しいものを見つけたのよ。その結果、まるで私が彼女を見る権利を失ったかのように、彼女は私の視界から消えてしまった。そして、私は感情を克服することができない」と彼女は言った。「すべてが私から奪われてしまったという感情を」

彼女は顎を上げ、目を半ば閉じて、しばらくの間黙っていた。一羽の鳥が砂利道の彼女の足元に何か尋ねるように止まり、それから気がつかないうちにまた飛び去った。

「時々」と彼女は間もなく続けた。「私は家族の関係から自由になった人々に会ってきたわ。でも、まるで親戚なしですますために、自分自身の一部をなしですませなければならないかのように、しばしば彼らの自由にはある種のむなしさがあるように思われる。氷河に閉じ込められて、自分の腕を切り落とす人のように」と彼女は微かな笑みを浮かべて言った。「私はそうするつもりはないわ。時々私の腕は私に痛みを与えるけれど、腕を持っていることが私の義務だと思っているの」と彼女は言った。「先日」と彼女は言った。「私は通りで姉の前の夫に会った。彼は書類鞄を持って、スーツを着て歩いていて、このビジネスマンの服装は彼と結びつけたことがなかったので、私は驚いたわ。彼はいつも自由奔放で、芸術家風の人だった。そして、彼が身を堕してオフィスで働くことは決してない——それは家族がお金に困るということを意味しても——そして、そうする人々に対してへりくだらないという事実は、彼に対して私の夫を苛立たせることの一つだった、と私は思う。彼らの家庭では姉がお金を稼ぎ——フェミニストの信条として——そうすることを喜んでいると彼女は主張さえしたけれど、離婚の後では、彼は結局自分を養わなければならなかったのだ、と私は思う。実際、私は彼の平凡な男たちに対する軽蔑を心の奥で素晴らしいと思い、密かに自分でもそう思ったので、彼が明らかに平凡な男の服装をしているのを見て驚いた。私たちは通りでお互いに近づき、目が合って、いろいろなことがあったけれど、私は彼に対する昔の愛情が蘇った。私たちが十分近づいた時、私は話そうと口を開いたけれど、丁度その時、彼の顔に完全な憎しみの表情を見たので、一瞬彼は私に唾を吐きかけようとしているのではないかと思った。そうはせず、彼は通り過ぎる時に、怒ったようにシーと言った。それは動物が出すような音だった」と彼女は言った。「そして私はひどくショックを受けたので、彼が立ち去った後、ただ長い間通りに立っていた。鐘が鳴り始めた」と彼女は言った。「そして同時に、雨が降り始め、私は歩道をじっと見ながら立っていたけれど、そこに水が溜まって、建物や木々や人々を逆さまに映し始めた。鐘はずっと鳴っていた」と彼女は言った。「私は鐘がそんなに長く鳴るのを聞いたことがなく、鳴り止まないのではないかと思うほどだったので、それは何か特別な場合だったに違いなかった。鐘が奏でるメロディーはますます激しく、ますます無意味になった。でも、鐘が鳴っている間は」と彼女は言った。「私は動くことができず、それで、私は水が髪や顔や服を流れ落ちるなかで、全世界が足元でだんだん鏡に変わっていくのを見ながら、そこに立っていた」

彼女は口を奇妙にしかめて、黙ったが、大きな目は瞬きせず、鼻の下り勾配は庭の変わっていく光の中で影の井戸のようだった。

「あなたは前に聞いたわね」と彼女は私に言った。「正義は個人的な幻想であると信じているかどうかと。それに対する答えはないわ」と彼女は言った。「でも、私はそれは恐れられるべきであり、それがあなたの敵を倒し、勝者であるあなたに報いるように、あなたのあらゆる側面で恐れられるべきだということはわかっているわ」

それから、それ以上何も言わずに、彼女は軽快な素早い動作で自分のものをバッグに入れ、手を伸ばして私の方を向いた。私が彼女の手を取ると、驚くほどの肌の滑らかさと温かさを感じた。

「必要なことはすべて得たと思うわ」と彼女は言った。「実際、来る前に細かいことをすべて調べたの。それが最近のジャーナリストのすることよ」と彼女は言った。「いつか多分コンピューターのプログラムが私たちにとって代わるかもしれない。あなたが再婚したことを読んだわ」と彼女は付け加えた。「私は驚いたことを認める。でも、心配しないで」と彼女は言った。「私は個人的なことに重点を置かないでしょう。重要なことは、それが長い大切な記事であることよ。朝までに仕上げることができれば」と時計を見ながら彼女は言った。「午後の版に載るかもしれないわ」

パーティーは街の中心の会場で行われていて、ホテルからそこまで歩きたい人に同伴するガイドが任命されていた。彼はほとんど肩までウェーブして伸びた濃い艶のある髪の背の高い痩せた若者で、素晴らしい微笑みを絶えず浮かべ、彼の目は、まるで待ち伏せの可能性を警戒することを学んだかのように、左右に素早く動いた。

彼はよく参加者たちを街のあちこちに案内する、と私に言った。というのは、彼の母親がこの催しの責任者で、普通ではないと言われた彼の誘導する能力を利用しようと決めたからだった。彼が今まで行ったことのあるほとんどすべての場所の記憶は非常に鮮明で、また行ったことのない多くの場所の記憶もあった。何故なら彼は暇な時に地図を調べ、地理的な課題を自分に課してそれを解くのが好きだったからだった。例えば、彼はベルリンを訪れたことがなかったが、その中心に置かれれば、彼は自分でどこにでも行くことができ、例えば、プレッツェンゼーのプールからベルリンの公共図書館まで可能な限り短時間で行くことで、現地の人たちの何人かを出し抜くことができるとかなり確信していた。彼は中央駅の地下鉄から出て、ティーアガルテンを徒歩で横切れば、複雑な電車に何度も乗り換える手間と十分か十五分時間が省けることがわかった。ベルリンの天候は非常に厳しいことがわかった時、この近道は冬には実行するのはあまり可能ではないと彼は心配したが、それから、プールは野外なので、夏の間以外はそこを訪れる必要がありそうもないという嬉しい考えが浮かんだ。

私たちは今はホテルの敷地から出て、両側にコンクリートの高い塀があるトンネルのような道を歩いていたが、高架橋からの絶え間ない車の轟音は非常に大きかったので、ハーマンは、彼はそう自己紹介したのだが、指を耳にあて、急に左側の狭い路地へ突進した。集団を歩いて連れて行く問題は、異なるやり方や歩く速度に合わせながら、いかにしてみんな同時に目的地に着くようにすることだ、と他の人たちがついて来るのを待っている間に彼は続けた。速く歩く人たちは、遅い人たちが追いつけるように、しばしば立ち止まらなければならなかった。このことは、集団の一番適している人々は休む機会を一番与えられたが、追いつこうと苦労している人々は一息つく機会が与えられないということを意味していた。だが、一番遅い人に一番速い人と同じ休憩が与えられたら、歩くのにほとんど二倍の時間がかかっただろう。その上、一番速い人は前より二倍待つことになり、それは退屈や欲求不満のような新しい問題を作り、あるいはお腹がすいたり寒くなっただろう。彼の母親は彼はこうした問題に対してもっともな解決策を見つけることができると言って安心させたが、筋の通った課題だと彼には思われるものの多くが他の人々にはメタファーのように思われることに彼は気づいていて、いつも誤解が生じないかと心配した。これまでずっと、母親は彼に本を読むことを薦めたが、それは彼女が本を読むことは人々を向上させると信じる人々の一人だったからではなく、創造的な作品を学ぶことで、少なくとも彼はある種の会話を理解することができ、それを現実であると間違うことがないと彼女は指摘したからだった。子供の頃、彼は物語は非常に心を混乱させると思い、今でも彼は嘘をつかれるのが嫌いだったが、他の人々は真実と混同するほど誇張や作りごとを楽しむことを理解するようになった。彼はその瞬間が過ぎるまで、暗記した哲学的な文書の数節を調べたり、ある種の数学の問題を再検討したり、あるいは時々知られていないバスの時刻表を暗唱することによって、そのような状況に精神的に自分を置かないことを学んだ。

今では他の人々が角を曲がって、路地に来たので、ハーマンはまた出発して、公園に出るまで急ぎ足で歩き、もう一度待つために公園の小道で止まった。公園は非常に居心地の良い場所だが、街の他の公園より犯罪率が高いので評判が悪い、と彼は言った。そこはまた彼の家から川の反対側の彼の通う専門学校へ自転車で行く近道で、道に沿って同じように行けば十分に十分は長くかかっただろう。彼の同級生たちは、その多くは同じか似たような行き方をしなければならないのだが、公園よりも道を通る方が怪我をする危険性があることを示す単純な計算をせず、もっと危険な道の方を通り続けた。両親がそうするようにと強く主張することを彼らは認めたが、彼の母親は親であることの生物学的基盤は本質的に理性の正反対であり、道理に逆らっていると言って、彼にこの不合理を説明した。彼女は概して論理的な人だが、感情をまじえずに子供を育てることはほとんど不可能であると認め、彼女はこの目的を達成するために最善を尽くし、この場合は、専門学校長自身が彼の安全に関して心配して彼女に接触した後でも、彼のこの道の選択を支持し続けた。

公園は川の土手へと下っていく長い傾斜した緑の広がりで、広い砂の小道があり、夕暮れに、人々はそこを歩いたり、ベンチに座ったりしていた。遠くに、よく目立つ上着を着た男性の集団が草の上に輪になって立っているのが見えたが、ハーマンはこうした男たちは人々が公園の特定の地域を歩かないようにするために雇われているのだと説明した。その地域を再生するために、新しいコンサート・ホールが最近建てられたが、それは都市の建築家の発展の野心と保守的な人々の物事をそのままにしておこうとする決意の両方を満足させたという点で、妥協の勝利を表している、と彼は言った。新しい建物を作るために公園を破壊する代わりに、建築家は音楽堂を地下に建設する素晴らしい計画を考え出した。仕事が終わって、公園での生活が普通に戻った時になって初めて――表面的には何一つ変えられず――上の人の往来のためにコンサート・ホールの音響は逆に作用するようにしなければならないことが明らかになった。音楽を大きくする代わりに、草地を横切って歩く一人の人の音さえ下のホールでは耳をつんざくような大きさに増大された。

すべてのことが人目を引かないように計画されていたので、また公園の外観を変えないためにも、明らかに何もない草地の広がりに柵か囲いを作ることは馬鹿げているように思われ、そして同じ理由で――彼らは変化を見ることができなかったので――人々は前にいつもそうしていたように、草地を横切り続けた。計画した人々が見つけたこの問題に対する解決策は、地下でコンサートが行われている時に、こうした男たちを人間の囲いとして機能するように雇うことだった、と彼は言った。彼らが気づかなかったことは、囲いや標識はほとんど誰にとっても明らかな意味を持っているが、人間は——とても目立つ上着を着ている人でさえ——自分のことを説明しなければならないことだった、と彼は輝くような微笑みを浮かべて続けた。他の時には自由に横切ることが許された草地のある部分を一日のある時誰かが横切ると、男たちの一人がどうして通行できないのかを説明しなければならなかったが、この手の込んだ処置は毎日何度も繰り返されなければならず、人々が草地を横切ることを禁じる法律は存在せず、コンサートが行われているという事実さえ道を変える十分に正当な理由だと思わない人もいたので、必然的に侵害と強制の問題が起こった、とハーマンは言った。一方コンサートを聴きに来た人々は音に激怒して、お金を返すように要求した。続いて起こった出来事の中には実際裁判になり、法律の目的は客観性を決定することなので、こうした訴訟の結果を見るのは興味深いと思う、と彼は言った。暇な時に複雑な法律的事項を調べるのが好きで、実際その幾つかはとても面白かった、と彼は付け加えた。彼が個人的に好きなのは、女性が街で車を運転していて、とても暑い日だったので、数インチ開けたままにしておいた窓からハチの群れが飛び込んできたというものだった。慌てふためいて、彼女は近くのケーキ屋の店の正面に車を乗り入れてしまい、大きな損害を起こした——でも、幸運にも人命は失われなかった——それに対して彼女も保険業者も彼女には責任がないと信じたが、裁判官によって完全に反論された。

私はハーマンにどんな専門学校に行っているか尋ね、彼は国中からの学生を受け入れる数学と科学を専門とする学校だ、と言った。その前は、近くの学校に行き、彼はそれほど楽しめなかったが、そこでの終わり頃、実際他の生徒たちの間で非常に人気者になり、彼は公開試験のための復習を彼らがするのを手助けすることができた。だが、教師とは彼はあまり上手くやっていけず、母親が彼のために非難されるのをよく耳にしなければならなかった。彼はそれをとても残念に思ったが、彼女自身は彼を決して非難したことがなかったので、すべて上手くいっていると考えた。人々が残酷に扱われたために、お互いに残酷を願うのは人間の本性だ、と母親は言った。苦しみを与えることを繰り返すことは、ほとんどの人々がまったく同じ形によって起こされた苦しみを癒そうとする奇妙な万能薬であった。彼はこの矛盾を数学的な言葉で表現する方法を見つけようとしたが、それは本来非合理的なので、まだ成功していなかった。彼が知る限りでは、長期間にわたって見れば、時の経過とともに苦しめたいという衝動が和らいでいくのでなければ、問題は限りなくそれを繰り返すことによってだけでは解決できなかった。

今や他の人たちが近づいてきたので、ハーマンは草地を横切って川の方へとまた下り坂を出発し、頭の上に手を上げて誇張して私たちが行く方向を指し示した。彼は私が彼を話し過ぎると思うなら謝罪すると言った。彼は話すのが好きで、母親からいつも質問するように勧められたので、他の人々が滅多にお互いに質問しないことに気づいて驚いた。彼はほとんどの質問は初歩の数学の問題のように一致を確かめる試みに過ぎないという結論に至った。二足す二は確かに普通は四になった。違った答えをすれば、人々は狼狽することに彼は気づいた。母親によれば、彼は三歳までまったく話さなかった。彼女は答えを期待せず、声に出して自分に話す癖がついていたが、ある日鍵を探していて、どこに置いたか自問した時に、彼が子供用の食事椅子から鍵は玄関に掛かっている彼女のコートのポケットにあると言ったので、彼女はとても驚いた。その後、彼は休みなしに話し、母親はそれがイライラさせると思っても、思いやりがあったのでいつもそう言わなかった。興味深いことに、彼は最近専門学校で使うほとんどすべての言葉を誤って発音する人と友達になったが、彼の語彙は非常に多いが、彼は話すよりももっとたくさん読んでいて、彼がハーマンとかわすような複雑な会話では、頭の中で文字が意味のある配列になるまで言葉を声に出して言うからだった。ハーマンは彼の言うことのほとんどを理解してくれる母親とたくさん話すことができて幸運だった。彼は多くの両親と子供たちにとって、いつもそうであるとは限らないことに気づいた。

専門学校が楽しいことの一つは、経験が彼自身のものに似ていて、世の中を同じように考える人々に初めて会ったことだった。彼が家で座って、寝室の窓から外を見ている時に、こうした他の人々も違った場所で窓から外を見て、彼らみんなが似たようなこと、他の誰もが考えないようなことを考えている、と思うとおかしかった。言い換えれば、彼はもう少数派ではなかった。実際、級友の何人かはある分野で非常に優れた理解力があることに彼は気づいた。例えば、彼が一緒に多くの時間を過ごす友達のジェンカがそうだった。彼とジェンカはとても仲良くやっていて、彼らの母親たちも良い友達になった。最近この二人の女性は一緒に休暇でピレネー山脈にハイキングに行ったが、それは母親が彼と一緒ではなく取った初めての休暇だったので、彼女は彼がいなくてそれほど寂しいと思わなかったならよい、と彼は思った。彼とジェンカはまったく違っていて、面白いことにそれが二人が友達である理由であるように思われた、と彼は付け加えた。例えば、ジェンカは滅多に話さず、一方彼は黙っているのが難しいと思った。それは二つの極端なものが組み合わされることで緩和される適合性の一例だった。専門学校では、ジェンカはこの国の彼女の歳で多分最も頭の良い人だ、と言う人たちもいた。彼女は言う重要なことがなければ、何も言わなかったが、そのことは普通人々の言うどんなに多くのことが——彼自身も含めて——重要でないかに気づかせた。

一年の終わりに、専門学校は最も優れた男性と女性の学生に特別な賞を与えた、と彼は続けた。この賞を与える際に、ジェンダーの事実が優秀さの事実よりも重視されることは興味深いことだった。最初それは非合理的であるように彼には思われたが、それから彼は個人的にジェンダーは要素であると思ったことがなかったので、多分十分にその重要性を理解する立場には立っていないのだろう、と思った。彼はもし私にこの話題について意見があるなら、それを聞きたかった。例えば、彼の母親は男性と女性は異なるが、対等な独自性を持っていて、人間の業績を称える際に、二つの賞を出すことは賢明であると思っていた。だが多くの他の人々は一つの賞だけが最も優れた学生に与えられるべきだと感じた。ジェンダーの問題は優秀さの勝利を曖昧にする、とこうした人々は思っていた。これに対する母親の反応は興味深いものだった。彼女は過去にジェンダーは女性に不利に用いられ、女性は差別されてきて、それは悪である、と思った。彼はこの議論は少し旧式だと思い、母親は普通はまったく進歩的だったので、このことは驚くべきことだった。特に「悪」という言葉の彼女の使い方はショックだった。次の年に彼が大学に行くために家を出たら、彼女の生活はどのようなものになるのか、と彼は時々考えた。彼はある種の才能を持っているようだったが、残念ながら豊かな想像力はその一つではなかった。

私たちは今川の傍の広い舗装された道を真っすぐに歩いていて、そこでは人々がカフェの外に大きな輝くビールのグラスを前にして座り、話したり、携帯電話を見たり、灰色の川をぼんやりと見つめていた。目的地までそう遠くはないが、ここは込み合っていて、物事が上手くいかなくなる可能性は人の多さに比例することが多いので、ここは最も危険なところだ、とハーマンが言った。また、彼は私たちの会話がとても面白かったので、どこに行くべきか忘れる危険性もあった。でも、彼は話し合った話題について、特に母親の言葉について私の意見をとても聞きたがった。

私はジェンダーが悪に対する防波堤であるという考えに心を打たれた。何故なら聖書の神話はまったく逆の印象を与えるからだった、と私は言った。そこでは、悪を防ぐどころか、男性と女性が互いにはっきりしていることは悪の影響の受けやすさを示していた。イブは蛇の影響を受け、アダムはイブの影響を受けている。私は数学についてあまりよく知らないが、そのことが公式によって表わされるか、もしそうなら蛇はその非合理的な要素ではないかと思う、と私は言った。言い換えれば、蛇、それはどんなものにもそしてあらゆるものになり得るのだが、それに価値を置くのは難しいように私には思われた。その話はアダムとイブは同じように、だが違ったものに影響されることを証明する、と私は言った。

ハーマンは額に皺をよせ、それは形として見る方が容易いかもしれない、と言った。例えば、三角形として表されれば、アダム／イブ／蛇の関係はもっとわかりやすい。何故なら三角測量の働きは三番目の点によって二点を固定することであり、それ故、客観性を立証するからだった。もし私が暗喩に興味があるなら、蛇の役割はアダムとイブの弱さを気づかせる観点に過ぎず、従って蛇は二つの個性の関係を三角形にするものは何でも表せるかもしれない、子供の到来はその両親を三角形にするように。この最後の点に関しては、彼の場合は、状況の力で言わば母親のイブに対して彼がアダムを演じたので、もっと複雑だった、と彼は続けた。ハーマンが生まれる数週間前にこの世を去ったので、彼は父親に会ったことがなかった。彼はこの情報を私たちの会話にこれまで入れられなかったことを心配していたが、私がそれを入れる機会を与えてくれたことが嬉しかった。彼は母親が三角形になるか、もしなるなら誰によってか、とよく思った。残念なことに利用できる唯一の役割は蛇の役割で、心を乱す存在の到来を油断なく警戒していたことを彼は認めた。だが、母親はとても美しかったが――それは単なる意見に過ぎないが――今までのところ彼女は再婚せず、彼が再婚する見込みがどれくらいあるかと尋ねると、彼女はそのような行動は自分が二人の人になることを必要とし、自分は一人のままでいる方がよいと答えた。彼の心を乱すことがわかっているので、母は滅多に比喩的に話さなかったが、この場合、二つの――その言葉を使うことを許してもらえるなら――悪の小さい方を彼女が選んだことを彼は受け入れた。彼女は母親としての生物学的な役割は生物学的に無関係な誰かの妻の役割と両立しない、と言いたかったのだと彼は思い、最上なことは家を直ぐに出て、自分を隠滅する方法を見つけることだと思うほど、彼は罪の意識を抱いた。だが幸いにも、母はことをはっきりさせ、それは今のままで彼女は幸せであるということだった。

　専門学校の賞の話題に戻ると、それに対して選ばれた名前は「栄誉(クドス)」だった。私が多分気づいているように、ギリシャ語の「栄誉(クドス)」は逆成の過程で複数形になった単数の名詞だった。「クド」それ自体は実際存在したことがないが、現代の語法では、その集合的な意味が複数の接尾辞の混乱させる存在によって変えられたので、「栄誉(クドス)」はそれ故文字どおり「賞(プライズ)」を意味したが、元の形では、もっと広い評価あるいは賞賛という意味を含み、また誰か他の人によって誤って求められるものを思い起こさせた。例えば、彼は母親が先日彼女がすべての仕事をしたのに、役員会が「栄誉(クドス)」を得たと電話で不平を言っているのを聞いた。男性と女性について母親が言ったことについて考えてみると、この作り上げられた複数形の選択は非常に興味深かった。集団が個人にとって代わったが、彼は悪の問題はまだ未解決のままだと思った。確かに、広範囲にわたって調べたが、悪用という文脈でこの言葉の母親の使い方を裏付けるものは何も見つけることができなかった。賞は悪意が入って来ずに誤った人に与えられることがあり得るだろうか？

　彼は学校に彼の賞——多分彼はジェンカと一緒にその賞を得たことを言うのを忘れていたが——は「クド」か「クドス」か尋ねなかったが、学校は文法的な見方にはあまり関心がないのだろう、と彼は思った。賞を得たことはとても快いことだった。母親は非常に喜んだが、彼は不必要に感情的にならないようにと彼女に言わなければならなかった。

他の人たちは川辺に沿ってぶらぶら歩いていて、私たちは彼らが追いつくのを待つために立ち止まった。私の携帯電話が鳴り、上の息子の番号が画面に現れた。

「僕が今何をしているかわかる?」と彼は言った。

「教えて」と私は言った。

「僕は校門からまさに最後に歩いて出ているんだ」

「おめでとう」と私は言った。

最終試験はどうだったか、と私は彼に尋ねた。

「驚くほど上手くいったよ」と彼は言った。「実際、僕は試験を楽しんだんだ」

彼はそのテーマ――マドンナの肖像画の歴史――それは彼が見た過去の問題のどれにも一度も出てこなかったのだが、それを復習するのにたくさん時間を使ったことを私は覚えているかもしれない、と彼は言った。彼はそれを一生懸命勉強し、ずっとこうした勉強の理論的根拠を疑っていたが、止めるように自分を説得できなかった。試験用紙を開くと、まさに最初の質問がこのテーマに関するものだった。

「僕は言うことがたくさんあって」と彼は言った。「試験を受けていることを忘れてしまった。それは実際喜びだった。僕は信じられなかったよ」

一生懸命勉強したという明確な事実があるので、彼は信じるべきだ、と私は言った。

「僕もそう思う」と彼は言った。沈黙があった。「いつ帰ってくるの？」と彼は言った。

私たちが話し終えると、ハーマンが私の子供あるいは子供たちは数学が得意かどうか尋ねた。私は子供たちのどちらもその科目は研究しなかったが、そのことは私の興味が違う方面にある結果で、私は無意識に彼らにとって世の中のある面は他の面より現実的で、重要であるように見えるようにしたのではないかと時々心配する、と言った。ハーマンはこの考えがあり得ないことに喜んで微笑んだ。親の個性への影響は事実上ゼロであると研究が示しているので、私は心配する理由はない、と彼は言った。植物がどこに置かれ、どのように世話されるかによって、弱ったり、上手く育ったりするように、親の影響はほとんどまったく彼あるいは彼女のしつけや家庭環境の質にある、と彼は言った。例えば、彼の母親は四歳か五歳の間に教科書に頼らずに彼の質問に答えられなくなったことを思い出した。言い換えれば、彼の数学への興味は彼を励ますか妨害しようとするどんな試みよりも以前に存在した。子供たちがそのような興味を示すのを私がわざわざ妨害したのでなければ、私が何か役割を果たしたということはありそうもないことだった。

逆にその大望が親の影響の結果である多くの人々と、なりたかったものになることを妨げられた多くの他の人々を知っている、と私は言った。芸術家の子供たちは――私の経験では――まるで一人の人の自由が次の人の束縛になるかのように、特に親の価値観の影響を受けやすかった。私はこの考えが特に嫌だった。何故ならそれは単なる放置や自己本位以上の何かを、他の人々をその視点の虜にすることによって想像力の可能性を除去しようとする特殊な利己主義を暗示するからだった。そして、私たちが神が与えた才能と考えるものをまったく意志の力で獲得する人々もいた。言い換えれば、私はあらかじめ定められているという考えを受け入れなかった。植物についての彼の言葉に戻ると、その類推が落としているものは自己創造の可能性であった。

ハーマンはしばらくの間黙っていて、橋の傍に立って、私たちは水に映った影が作る形を眺めていた。ニーチェはピランデッロのありのままの自分になるという言葉をモットーにしていた、と彼は間もなく言った。言い換えれば、多分その言葉が私たち双方にとって同じことを意味する限り、意見が合わないことに同意することができたであろう。もし彼が私のことを正しく理解しているなら、私は自己を変える能力を外部の要因によるものだと見なしているが、同時にその人が自分の性質を決定したり変えたりする自己の能力を信じていた。彼はこれまで誰も彼がありのままの自分であることを止めようとしなかったことは非常に幸運であったと気づいた。多分私自身はそれほど幸運でなかっただろう。だが、ピランデッロの言葉は、我思うゆえに我あり、を率直に言ってつまらなくするやり方で自己の事実を真実として断定する限りでは興味深かった。最初の反応は、何かがどのようにしてすでにあるものになり得るかを尋ねることかもしれなかった。私たちはこの話題について非常に興味深い会話の範囲を定めた、と彼は思った。もし私に次の数日空いた時間があるならば、多分私たちは会話を続けることができるだろう、と彼は言った。

グループの他の人々が近づいてきて、ハーマンは黙り、彼らの数を数えた。同じ数の人々が到着した、と彼は出かける時に言った。彼はあまり注意を払っていなかったので、途中でグループの一人かそれ以上の人々がいなくなり、別の人が取って代わる可能性を考えるべきだと思ったが、まあ、それはありそうもないことだった。会場はこの橋の丁度向こう側だ、と彼は言った。もし私が見れば、ここからそれが見えるだろう。私が自分が同行したことをうっとうしいと思わなければよいが、と彼は付け加えた。彼は自分の存在が望まれているのか、いないのか、いつもわかるとは限らないことに気づいた。だが、彼に関する限り、それは楽しい散策だった。

カウンターのところには食事を得るための長い列ができていて、そこではウェイターがクーポンのシステムを処理するのに手間取っていた。部屋は高い腕木を用いたガラスの天井がある洞窟のような現代的な空間で、音楽や会話の騒音をさらに大きくする効果があり、同時に部屋にいる人々を矮小化して小さく見せたので、そこは非常に多くの反射する表面が加えられた、パニックの雰囲気があるように思われた。今はもう暗くて、電気の光が外の建物からガラスの天井を通って交叉する槍のように落ちてきたが、窓の向こうの黒い川は波うち、泡立った表面に室内の人影が映し出されていた。

私の隣の女性が、問題はクーポンが食べ物の値段に合わない額面なので、どのようにお釣りを出すかの問題が解決されていない、と言った。また、ある人々は他の人より多く食べたり飲んだりしたがるが、私たちはみな同じ金額を与えられていた。彼女自身は、小柄でまたかなり年配だったので、少ししか食べなかった。食欲のある大人の男性は彼女の三倍必要だっただろう。だが、催しに関する限り、数えきれない数のクーポンを参加者に自由に管理させるのは実用的ではなく、また必要を基盤として彼らを区別するのは不公平であることが彼女はわかった。というのも、他の人が何を必要としているか誰がわかるだろうか？　この時点で、その先頭で数人のウェイターが長々とクーポンについて話し合い、調べていて、並んでいる人々が増していく不満の気配を見せている列を眺め、私たちは何も得られそうもないわ、と彼女は言った。私たちは公平を確実にする目的で、こうした制度を作るのだけれど、人間の状況はとても複雑なので、いつもそれを包含しようとする私たちの試みを無駄にしてしまう、と彼女は言った。私たちは一つの前線で戦っている時、別のところでは大混乱が起こり、そして、すべての問題を起こすのは人間の個性であるという結論に達した多くの政権があるわ、と彼女は言った。もし人々が全部同じで、一つの視点を共有していたら、組織するのはもっとずっと容易いでしょう、と彼女は言った。そして、そこで本当の問題が始まるのよ、と彼女は言った。

彼女は子供のような体で、大きな骨ばった聡明そうな顔をしたとても小柄ながら、がっしりとした女性で、大きな、広い瞼の目はほとんど爬虫類のような忍耐力を持ち、時々ゆっくりと瞬きした。彼女は午後の私の講演に出席したが、それは私の作品の核心には及ばなかった。作品は文学的な催しの混雑した行事よりもずっと優れていた、と彼女は言った。私たちは敷地を歩き始めるけれど、建物には決して入らない、と彼女は言った。彼女は委員会のメンバーなのだけれど、こうした催しの目的が彼女にとってはますますはっきりしなくなって、一方本の個人的価値は——少なくとも彼女にとって——増した。けれど、ここに招かれている作家の多くは公の場に姿を現すことには優れているが、書く作品は率直に言って平凡だと彼女は思うので、個人的な娯楽——読み、書くこと——から一般的な関心を生み出そうとする試みはそれ相応の文学を生産していた。このような人々の場合、敷地だけがあって、建物はそこにないか、もしあっても、次の嵐で取り除かれてしまうような仮の建物だ、と彼女は言った。けれど、こうした見方は自分の歳と何か関係があるかもしれないということに気づいた、と彼女は言った。ますます彼女は現代のものから遠ざかり、文学の歴史の目印となるようなものへ自分が戻っていることに気づいた。最近、彼女はモーパッサンを読んでいて、それが書かれた時と同じように新鮮で魅力的だと思った。一方では、商業的な文学の成功の抑制できない不可抗力が押し進んでくるが、彼女は二つの要素――商業と文学――の結合は健全な状態にはないと感じた。一般大衆の好みを少し調整したり、お金を他のものに使おうとする軽率な決断で、すべてのことが――小説出版の国際的企業とそれに付属する産業――は一瞬でなくなり、いつもあったところに本当の文学の小さな岩が残るだろう、と彼女が言った。

彼女はティッシュのような黒いショールを身に着けていて、それを後ろにやり、たくさんのキラキラ光るアンティークの指輪をはめた小さな骨ばった手を差し出して、名前を言って自己紹介したが、それはとても長くて複雑なので、私はもう一度言ってほしいと頼まなければばならなかった。ゲルタと呼んでちょうだい、と彼女は薄い唇に微笑みを浮かべて、質問には答えなかった。その他は無意味な長たらしい語句よ。数十年たてば、誰もそのような名前には関心がなくなるでしょうが、名前の持ち主にとっては、それは神聖な責任なの、と彼女は言った。彼女には四人の子供がいたが、誰も彼らの相続権や誰が何を相続するかに少しも関心がなかった。ただ私たちが議論するような状況に置いていかないで、と彼らは最近彼女に言った。そして彼女の世代は相続の問題でひどい争いや仲たがいに悩まされたことは本当だった。でも、彼女の子供たちはお金や土地に関心がなく、それは多分彼らがいつもそうしたものを持ち、それらはどんなに少ししか役に立たないかを見てきたからだった。あるいはむしろ、彼らは十分に見てきたので、血統の最も優れている者だけが祖先から自分を切り離すことができ、彼女がしなければならないことは、彼らが同じ運命になるようにどちらかの方向に秤に重みをかけることだけだった。彼らは家族の土地を売って、生きている間に最後の一滴までその利益を楽しむように私に何度も強く勧め、まるで私のこの弱い体が私たちの資産を全部使いつくして、それをつかの間の喜びに変えられるかのように、と彼女は笑いながら言った。彼女の父親は極端にけちで、晩年はクラッカーと小さいチーズの塊りだけを食べて暮らした。ホストたちが彼の広大なブドウ園から取れたものを持参するのを望んでいる時に、彼は盛大なディナーに多分数週間前に一杯だけ飲んだスーパーマーケットで買ったワインの開いた瓶を持って現れることで有名だった。彼女がいつも家族の財産を減らさない決意だと解釈し、彼女に受け継いだものを売ったり、譲ったりさせなかったのはこの父親の禁欲主義だった、と彼女は言った。でも今は、それは実際はある種の悪習か彼の怒りの表現ではなかっただろうか、と私は思うの、と彼女は言った。彼は二つの世界大戦で失った財産を骨を折って立て直したが、歴史のトラウマより子供の頃のトラウマが害を与えたように彼女には思われた。彼が子供の頃、屋敷は最盛期で、召使たちが彼の父親にその日の狩りか収穫の成果をささげるためにひざまずくのだった。彼には何か悪いことをした罰として彼の白いウサギを殺して、翌日その皮で作ったマフをして現れた乳母がいた。そのような大げさなこと、そのような残酷なこと、あるいはこの二つの致命的な組み合わせから回復するのは不可能だわ、と彼女は言った。歴史は蒸気ローラーのように行く道にあるあらゆるものを押しつぶしながら頂上を越えていくけれど、一方、子供時代は心のふるさとを台無しにする。そして、それは土にしみこむ毒だわ、と彼女は言った。

だが、心の中では、彼女は歴史がなければ、アイデンティティがないと信じていたので、子供たちが過去に興味を持たないことや幸せを礼賛することに傾倒していることを最終的に理解できなかった。彼らの世界は戦争のない世界だけれど、それはまた思い出のない世界だわ、と彼女は言った。彼らは容易く許し、それはまるで何も重要でないかのようだわ。彼らは自分の子供たちに優しくて、私たちの世代より優しいけれど、彼らの人生は美しさがないように私には思われるの。彼女は話を中断して、ゆっくりと瞬きした。

多分十五年前、一番下の子が家を出て行く時に、夫と私は離婚することを話し合い、私たちは二人とも自由になりたかったけれど、結局、私たちは子供たちに自分たちが知っている世界を壊す苦しみを味わわせる覚悟ができていなかった。私たち二人はどんな風に感じているかお互いに認めたことで十分なように思われ、それで、そのことを認めた以外は、私たちは多かれ少なかれ前と同じように暮らし続けてきたわ、と彼女は言った。夫は土地を耕作している。何故ならそのことで彼は自分が必要で役に立つといつも感じられるから。私は芸術への関心から起こる管理や公の任務をしている。私たちはお互いにあまり話さない、と彼女は言った。そして家がとても大きいので、時には私たちはお互いに会わずに数日間も過ごすこともあるわ。私たちには泊り客がたくさんあるの。何故なら屋敷は田園地帯のとても美しい地域にあって、私にはそこが仕事をするのに理想的だと思うたくさんの作家の友達がいるから。そして、多分夫と私が滅多にそこで二人きりにならないように他の客がいるように私が手配しているのが実情でしょう。子供たちと孫たちがいつもたくさんのプラスティックの器具や特別の食べ物や電子ゲームを持って滞在しに来て、いつもと同じ私たちを見るけれど、ただかつて私たちの間にあったものはもうそこにはないわ。私は子供たちに壊れた家庭の苦しみを味わわせないことによって、ひどいことをしたのではないかと思う。私たちは苦しむことから学ぶ。これまで子供たちは何も学んでこなかった。彼らは本当には生きていない。苦しみと痛みが彼らを人生の経験に目覚めさせたかもしれなかった。私は苦しむことがなければ、芸術はあり得ないと信じる人々の一人で、特に私が文学を愛するのはこの信念を確認しようとする願望から起こっていることは確かだわ、と彼女は言った。時々朝早く目が覚めると、私は私たちの敷地を歩くのが好きなの。何故ならそれは私がした決心が正しいものだと私に再確認させてくれるから、と彼女は言った。特に初夏の朝、太陽が靄を通して上る時、それは言葉にはできない美しさを持っている、と彼女は言った。それは私が知っている最大の喜びだけれど、それは残酷さも持っている。何故ならそれは他の、もっと大きな喜びがあって、それは私には運命として渡されないという幻覚を私に与えることができるから、と彼女は言った。彼女は薄い唇で微笑んだ。私たちが最初からずっと自由だったと気がつくのは、遅すぎて逃れることができない時だけなのが実情かもしれない、と彼女は言った。

今までずっと列がほとんど動いていないので、彼女は食べ物を得ずに行かなければならない、と付け加えた。彼女は孫の世話をするために朝早く起きなければならなかったし、ともかく彼女はパーティーに遅くまでいる体力がもうなかった。

「またお会いできるといいわね」と彼女はショールの折り目から小さい白いカードを取り出して、私の手に置いた。「お話ししたように、多くの作家は私の家が仕事をするのに理想的な場所だと思っていて、空間がたくさんあるので、あなたは邪魔されることはないでしょう。あなたが申し出を受け入れてくださることを期待しているわ」と彼女は大きな瞬きしない目で部屋を見回して、言った。私たちから数フィート離れたところに、杖をついた元気のない男性が立っていて、彼女はその人をじっと見たので、私は一瞬ゲルタの夫かもしれないと思ったが、それから、やつれた外見で年取った態度をしていたが、実際、彼は四十五歳に過ぎないことがわかった。彼は杖をつき、足を引きずって私たちの方にやって来て、ゲルタに挨拶し、彼女は彼の両頬に心を込めてキスをした。

「あなたは私がそっと出ていくところを捕まえたわね」とゲルタは言った。「私は年を取り過ぎているので、こんなに多くの人たちや騒音に耐えられないわ」

「ああ、馬鹿馬鹿しい」と彼は言った。彼は微かに米国語調のアイルランド訛りで話した。「まだあなたのお気に入りの曲をかけていないではないですか。お元気ですか？」と彼は私に言った。

「あなた方はもちろんお知り合いでしょう」とゲルタが言った。

何年か前のことだけれど、そう、僕たちは前に数回会ったことがある、とライアンが言った。

彼は明らかに最後に会った時を思い出そうとして、額に皺をよせた。彼の顔の皮膚はだらりと垂れさがっていたので、表情の変化を強調する道化師のようなひだを作り、部屋のきつい光は、それに嫌なほとんど悪霊のような感じを与えていた。彼は同じようにだらりとしたひだを作ってさがっている薄い色のリネンのスーツを着ていて、電気の光はひだを誇張したので、彼はまるで包帯に巻かれているように見えた。彼は極端なことに、彼を苦しめそれからこらしめて、消耗させて、足を引きずって歩かせる何か報復の力に襲われた人のような外見をしていて、その印象に杖が最終的な仕上げをしていた。私は彼がそんな報いを受ける何をしたのだろうかと思っている自分に気づき、私自身がある意味でそのことの責任があるのではないか、と思った。何故なら一時期ライアンのような人々は罰を受けずに人生を送ると思ったからだった。

「ライアンは今晩公会堂で話をしたのよ」とゲルタが騒音よりも大きな少し震える声を張り上げて言った。「大成功だったわ」

「聴衆がたくさんいた」とライアンが言った。

「テーマは利己主義時代の調和だったわ」とゲルタは私に言った。「興味深い顔ぶれだった。ライアンは聴衆をとても興奮させたのよ」

「僕は」とライアンが言った。「その二つは相容れないとは思わない、と言っただけだ」

「それは話題の問題だわ」とゲルタが言った。「あなた方イギリス人は離婚を求めることを考えているから」

「無罪だ」とライアンは元気に言った。「僕は幸せに結婚しているアイルランド人だ」

「それは大きな間違いでしょう」とゲルタは言った。「多分いつもそうであるように」

ライアンはもう一方の手で杖を握り、あいた手でその言葉を振り払った。

「それは決して起こらないだろう」と彼は言った。「何度かそうした後に妻が毎晩金曜日に僕の元を去ると脅かすようなものだ。ハヤブサが鷹匠の言うことを聞くだけでなく」と彼は意味ありげに付け加えた。「それは鷹匠の手から食べることに慣れている」

ゲルタは笑った。

「素晴らしいわ」と彼女は言った。

「人々についてはっきり言える一つのことは」とライアンが言った。「自由が自分の利益になる時だけ、自分を自由にするということだ」

「田舎に私たちに会いに来てちょうだい」とゲルタは言って、ショールに手を入れて、私にくれた白いカードの一枚を彼に渡した。「そこであなたの優れた作品の続編を書くひらめきを見つけられるかもしれないわよ。私は私たちが少し魔法を使ってきたと考えるのが好きなの」

「そうですとも」とライアンは言って、細い目で部屋を見回した。「お会いできてとても良かった」と彼は付け加えて、ゲルタの手を両手で握った。

「一瞬君が僕に気づかなかったことがわかったよ」と彼女がゆっくりと去って行くのを眺めた後で、彼は私に言った。「実のところ、それはいつも起こることなので、心配しないで。僕は変化に慣れたよ」と彼は言って、髪を手で撫でたが、髪は私が覚えているより長くなり、ゆったりしたオールバックになっていた。「でも、僕にしばらく会わなかった人にとってはショックなことはわかるよ。先日古い写真をたまたま見つけて、僕自身にほとんど気づかなかったから、どんな感じがするかわかるよ。正直に言うと、時々まだ自分を見分けられないんだ。半分の体重を失うのは毎日じゃないよね。奇妙なことは」と彼は言った。「時々そのもう半分がまだそこにあるように感じられることだ。それをもう誰も見られないだけだ」

ウェイターが飲み物の載った盆を持ってやって来ると、ライアンはいらないという身振りで手を上げた。

「まず第一に僕はああいうものは止めたのだ」と彼は言った。「古くからある母親のミルク。でも、それは眠れるようにしてくれることは認めなければならないよ。最近僕はずっと起きているのだ。たくさんの人々がそうであることがわかった」と彼は言った。「マスコミのおかげだ。僕はどんなに多くのことが起こっているかわからなかった。僕はまるで違う国に暮らしているようだった。今は二日酔いを寝てさます代わりに、僕は午前三時にロサンゼルスや東京の人々とおしゃべりしている。妻は喜んでいる」と彼は言った。「子供たちが目を覚ましても、彼女の近くにはもう行かないのだ」

彼は向きを変えたので、光が少し違った角度から彼にあたった。私は不幸のしるしだと解釈したものが実は成功のしるしであることがわかり、どうして簡単にこの二つの極端なものが相互に間違えられるのか、と思った。彼のだぶだぶのスーツは流行を追ったデザインで、巧妙にまとまっていない髪と同様に明らかにお金がかかっていた。彼のやつれた外見に関しては、ナイフとフォークを片付けようと決心した結果だと、彼は言った。実際、摂生計画を始めさせたのは妻だったが、彼女は彼がそれほどまでにするとは思わなかった、と彼は付け加えた。

「問題なのは」と彼は言った。「僕たちは強迫観念に取りつかれているんじゃない？　僕たちは考えをそのままにしておかない。根っこもすべて掘り起こすまで、僕たちはそれをし続けなければならない。多くの作家は肉体的に自分に気を配らないことに僕は気づいた」と彼は話し続けた。「そしてそこには少しスノッブな要素があると僕は思う。彼らは運動をしているところを見られたり、何を食べているか眺められたりすると、人々は彼らのことをあまり知識人でないと思うのではないかと心配するのだ。僕はヘミングウェイの手本の方が好きだ」と彼は言った。「ただし、銃や自虐はなしにね。でも、僕が言いたいのは肉体的な完璧主義――いいじゃない？　何故肉体をまるで頭脳の買い物袋にすぎないように扱うのだろうか？　そして、特に今僕たちがかかわっている宣伝に関して――彼らの何人かを見てみれば、彼らは日の光を見たことがないと思うだろう。彼らは天才の集団なのでそんな風に行動するのかもしれないが、言ったように、それは少しスノッブなところがある。個人的には僕は作家が放浪者のように見えたら嫌になる――自分のことさえ気を配れない人の世界観をどうして信用できるだろうか？　もしその人がパイロットなら、僕は乗らないだろう――僕はその人を信用しないので遠くに連れていかせない」

彼の変化は数年前妻がクリスマスにスマート・ウォッチをくれた時に始まった、と彼は言った。それは心拍数と脈と歩いた距離を測定した。それは考えのない贈り物、彼女がただ無作為に買ったものの特徴をすべて持っていたが、しばしば決まり切った生活から抜け出させてくれる道具は無作為に選んだものだというのが実情ではないか？　と彼は言った。

「それでも、正直に言うと」と彼は言った。「最初僕はがっかりした。僕が言いたいのは僕はポテトチップスを食べながら長時間テレビを見ているような人ではなかった――僕はジムに行き、健康に良い野菜や果物を一日に五回食べ、ここで何か抜かしていることがあるだろうか？　と思った。これは、相手が何を欲しいのかわざわざわかろうとしないので、意味のないプレゼントをお互いに贈り始める場合の一つなのだろうか？　明らかに」と彼は言った。「それ以来僕はもっとずっと洗練されたものに移った。これは」と彼は袖を引き上げて私に見せるために手首を差し出した。「したことを教えるだけではない――まだ残っているしなければならないことを教えるのだ。一日のある時点で」と彼は言った。「それは将来の観点から行動の結果を教えてくれるんだ。もう一つのものは単なる記録の道具に過ぎなかった。データを自分で解釈しなければならなかった。そして危険なことは」と彼は言った。「物事が非常に主観的になり得ることだった」

だが言ったように、それが彼を始めさせたので、もし妻が予想したよりも少し多くのことを得たなら、彼女はボールを取ってそれを持って走る彼の性癖を知らなくてもわかっただろう。ほとんどの人々が自分の体を手入れするより自分の車の手入れをするのは驚くべきことだったが、実際は普通のエンジンと同様に人間の体にも謎はなかった。それはほとんど単に数学で、今数字が自分の思いどおりになったので、彼は素早くはっきりと悟った。彼は今まで自分が欲望――ある程度なんとか上手く扱ってきたが決して征服しなかった力――によって駆り立てられてきたと思っていたが、実際、駆り立てる力は必要性であることを理解し始めた。必要性について言えば、それは単なる支配する主人ではなく勝利したチャンピオンであり得た。人々は無数のものを望むことができるが、僕たちは本当に何を必要としているのだろうか？　僕たちが考えるよりずっと少ないものだ。この正しい知識があれば、エンジンは非常に清潔に経済的に動くことができ、ほとんど痕跡も残さなかった。利点を求める者にとっては、これは大変貴重な情報だった。それは制御のまったく異なる領域を表し、そこでは、人は事実上見えなくなり得るので、それ故傷つくことがなかった。これに対して、人が何を欲するかの質問を自分にすることは、自分を泥沼にはまらせることであり、そこでは誰でもみんながその人を見ることができた。

「これは——」と彼は手首を叩いた。「——僕が必要とするものだけでなく、僕が得たもの、もし選ぶなら僕が持ち得るものも教えてくれる。そこにはとてもゆとりがあるのだ」と彼は言った。

彼は器具が教えてくれたものの半分だけを消費し、まるでその数は銀行の実際のお金のように、手を付けずに残っているもう半分が与える力の感覚に感嘆した。彼は知的な資産を得るとともに、週に三回か四回走り、残りの日は泳いでいたので、それによってさらにもっと得た。彼はサイクリングも始めたいと思い、その時、彼は贅沢な備品を全部買う余裕がなかったが、贅沢な備品はサイクリングを容易くするので、あまり有益でなく、彼の錆びた十トンの三速自転車で上り坂をサイクリングする方が良いということに彼は気づいた。私が走ることをしたことがあるかわからないが、それは実際とても瞑想的だ、と彼は言った。それについて書くことが今流行しているが、時間があれば、彼も試してみるだろう。食べることに関しては、最近彼は食べたり、食べなかったりした。時々人々が食べているのを見ると、彼らはなんと傷つきやすいのだろう、と彼は思った。彼は何年もむしゃむしゃと食べてきたことを思い出し、食べることによって自分を安全にしようとしているように思われたが、実際は自分をさらけ出していたのだった。それはまるで食べることによって彼は自分を世の中に結び付け、内と外の境界を消したいと思っているようだった。彼が食べたくだらないもののことを考えると、どんなにそんな風にして自分の体を傷つけたかと思った。

確かに彼は体重をたくさん減らしたが、本当に違いを生じさせるのは頭脳の力で、彼の仕事は前のように進んでいて、ありがたいことに、彼はついに光を見たのだった。彼の本は『ニューヨーク・タイムズ』のベストセラーのリストの一番上に六週間載った。私はそのことをきっと聞いただろうが、それはペンネームで書かれていたので、私が出版界のゴシップに関係しているのでなければ、それが彼と何か関係があるとは多分思わなかっただろう。彼はたまたま前の学生だった女性を共同執筆者に雇い、二人の名前の綴りを変えて別の名前を作ったが、彼が言わば明らかに代表者だったので、架空の著者を男性にするのは道理にかなった、と彼は言った。最初、思いがけず訪れた成功が別名で達成されたことは自分を悩ませたことを彼は認めた。彼の一部はトラリーの疑う人々にすべてを見せたかった。それでも匿名は彼の手首のニーチェ風の小道具と同じ利点があった。それは彼の一部――ある形を繰り返すことを運命づけられているようにいつも思われる部分――を見えなくした。彼はあらゆる面で気づかれずに映画化する権利を買った人々に会うためにロサンゼルスに向かう飛行機のファースト・クラスでシバムギ・ジュースを少しずつ飲んでいた。彼がいつもそうだった人――昔のライアン――はだんだん子供時代の友達、彼が好きだが後に残してきた人、いつか自分で作った拘置所に住んでいるかもしれないと思う人のように思われた。

サラ――彼の共同執筆者――はゴールウェイに世話をしなければならない子供たちがいたので、彼がジェット機で旅行をするのを彼のために喜んだ。そして作家が身なりに気を遣わないと言う点では、彼女は典型的だった。一度彼女は彼らの代理店との会合に古い部屋履きを履いて現れたが、十五世紀のベニス――そこが本の舞台だった――について彼女が知らないことは知る価値のないことだった。本はもともとは彼女の博士論文で、彼は指導教官として自分では実行できないようなあらゆる優れた商業的なアドバイスをしたので、この企画を共有できることは正当だとやっと感じることができた。それはある種の本との結婚であった、と彼は言った――彼らは今別の作品に取り組んでいた――その本の子供として。結婚はまだ生きるための最上の形であるか、少なくともまだ誰ももっと良いものを見つけられないので、それが著作に有利に働かないことはない、と彼は言った。そしてその成果は難しい仕事だったが、少なくとも彼らは採算を取ってやっていた。妻はまったく気にしなかった――実際、最初にそれを提案したのは彼女だった――そして彼女は収入で真新しいレンジロバーを買ったので、彼女もそれでそんなに悪くやっていないということが彼はわかった。

私がまだ教えているかと尋ねると、彼はしかめっ面をしたので、顔のたるんだ皮膚が奇妙な折り目を作って浮き出し、それから軽い残念そうな表情になった。

「僕はとても教えたいのだが」と彼は言った。「僕にはもう時間がないのだ。確かに学生たちとの接触がないのは寂しい――何かを返しているという感覚があるじゃないか？　でも正直に言うと、最後には、僕は彼らに役に立たないものを売っていたと感じ始めた。何故ならそこで僕は彼らにベストセラーを書ければ問題がすべて解決すると考えるように勧めるが、実際は彼らのほとんどが才能がないからだ。そして彼らはたくさん奪う――正直に言うと、僕は必死に去ろうとしたが、でも実際は」と彼は打ち明けるように付け加えた。「物事がうまくいき始める前に、彼らが僕を解雇したのだ。養わなければならない妻や三人の子供たちやらで、僕はそこでしばらくの間大きな柄杓の上にいた。確かに」と彼は言った。「それは僕が広めたいことではない。でもわかるだろう」と彼は言った。「ある意味で彼らは僕に良くしてくれたのだ。何故ならもし荒野にいたなら、僕のしたことをしたのだと確信が持てない。それがどんな風かわかるだろう」と彼は言った。「なんとかやっていけるだけのものを稼ぐが、一日の終わりには精神的に何も残っていないので、一層強く仕事にしがみつくのだ。もちろん本はこうしたすべてを変えてくれた」と彼は言った。「僕はアメリカの大学から話を持ち掛けられているのだ——テーブルの上にとても良い申し出があるが、僕は本当にそれについて考えてみなければならないだろう」

人生は決して良いことばかりではなかったし——現在でもそうだ。去年彼の下の子供が自閉症だと診断され、病気に名前を与えられて、実際、彼は安堵した。妻は自閉症の子供を持つ他の家族を助ける慈善団体を設立するという素晴らしい考えを持ち、アイルランドの議会で学校の特別な必需品について質問さえした。彼は作家たちに無料で物語を寄稿してくれるように頼み、彼女にお金を調達するためにちょっとした作品集をまとめた。彼が得た反応は驚くべきものだった——作品集には幾つか非常に有名な名前があり、すべてが独創的な作品だったので、連載の権利を獲得するためのスリル満点のオークションが行われた。

「残念ながら」と彼は言った。「言ったように、要点はお金を得ることで、そのためには有名な名前を必要としたので、君のような人々には寄稿を頼むことができなかった」

彼は道化のような残念そうなほとんど憐れむような表情で私を見た。彼は私が元気でやっているので嬉しい、と言った。ここの文学の催しの会場で私に会えたのは良かった――少なくとも私はゲームに参加していた。彼は今晩の賓客なので、行って、動き回らなければならなかった。彼に会うことを期待している様々な人々がいた。

彼は細い目で部屋をじっと見て、それから私の方に向いて、別れのために杖を上げた。私は脚をどうしたのか、と彼に尋ねると、彼は立ち止まり、脚を見下ろして、それから信じられないようにまた私を見上げた。

「信じられる?」と彼は言った。「僕はこの一年数百マイルを走ったに違いないが、タクシーを降りる時に足首をくじいたのだ」

第二部

会議は海の近くの郊外で行われていて、そこの造船所はとても広かったので、明るい青い海は何マイルも続く倉庫や貯蔵庫や船積みコンテナの巨大な山の影に隠れたままだった。巨大な起重機が波止場のコンクリートの広々とした場所で待っている非常に大きなタンカーの人気のないデッキから色鮮やかな長方形のものを吊り上げたり、下ろしたりしていた。

ホテルは別の高いアパートの建物に囲まれた灰色の建物で、アパートの窓はすべて昼も夜も金属のシャッターで覆われたままだった。ホテルの正面には駐車場があった。数本の旗竿がタールマック舗装の道路に列を作って真っすぐに立っていて、その針金が風で船の操帆装置の音のような鳴り響く音をたてた。右側には乾いた草の土手が突き出て、生い茂った木々――ヒマラヤ杉とユーカリ――が背後にある塀に面していた。木立は、鉄で細かい彫刻がほどこされた一対の錆びた門に面する埃っぽい土の古い私道のように見えるものに沿って手入れのされていない並木道を形成していて、それからその向こうまで続き、下にくさび形の輝く海が見える丘の中腹の木々の中に消えていた。門は閉じられ、その周りの土は乱されていなかったので、門は長い間開かれていないことを暗示していた。

ホテルは醜くて、中心部から離れていて、交通機関の連絡線が少ないので不便だったが、会議は毎年このホテルで行われる、と代表者の一人が私に言った。彼は主催者たちがマネージャーと取引したと思った。食事時には、代表者たちはみなバスに乗せられ、レストランまで特色のない崩壊した郊外を二十分も行かなければならなかったが、レストランでも彼らは別の取引をしたと彼は思った。この国では食べることは国民の楽しみなので、レストランは実際とても良かったが、問題は取引——それが何であれ——に定食のメニューが含まれることだったので、様々な美味しいものを大いに楽しむ人々に囲まれて、自分が食べるものは選べない、と彼は付け加えた。彼は何度も主催者たちが代表者のグループを外に——そこでは料理人たちが新鮮な魚や大きな串に刺したイカやエビを非常に大きいコンロの上で調理していた——誇らしげに連れ出して、その場面の写真を撮らせるのを見たが、その後彼らは中に戻され、前の日に出されたと同じ粗末な大量のスープと冷肉の薄切りに向かうのだった。ホテルは紅茶とコーヒーしか出さなかったが、そのコンクリートの靴箱かその周辺のどこかに稀な才能があるケーキ職人が隠れている、と彼は言い、会議の間の休憩時間に温かい飲み物と一緒に配付される小さいタルトを試食してみるように私に強く勧めた。こうしたタルトはこの国のよく知られた食べ物で、スーパーマーケットで大量生産された形で買うことができたが、子供の頃以来、彼はここで出されるものに匹敵するようなものを味わったことがなかった、と言った。真似たものはどこにでもあるので、本来のものが存在したことを彼はほとんど忘れ、その失われた本物の色や食感や味に戻ることは彼にほとんど痛みを与えたが、それは職業的集団ではなく、言わば一人で作業する誰かの成果であることを彼はほとんど確信していた。けれど、彼はここに何年も来ているが、その人を見たこともないし、その人について尋ねてみようと努力したこともなかった。国民的な菓子――それはエクレス＝ケーキ（干しブドウなどを入れた丸いケーキ）と呼ばれたと思うが――に同じようなひらめきを感じたイギリスの代表がここにいたことがあったが、この男性の言葉は、その場合どこか自分たちの子供時代の母親が探されていないのではないかと彼に思わせた。何故ならそれは彼自身にとっては単に芸術の問題だったからだった。このタルトの本来の調理法は、彼女たちの衣服にのりづけするために多量の卵の白身を使ったので残った黄身について何とかしなければならなかった尼僧たちによって考案されたと言われていた。修道院は母性的なものを探す時の最初の立ち寄り先ではなかっただろう。そして彼はこの国の人々――特に男性――が夢中になっているこの尼僧のタルトはこの国の女性に対する態度を象徴しているのではないか、と彼は思った。非常にパリパリで白くて清らかな衣服のことを考えた時、それは無性の男性のいない生活の法衣である、と彼は思った。男性の飢えた口を夢中にさせる甘い小さいタルトは、多分分けられ、言わば皿の上に引き渡されたこうした女性たちの剥奪された女らしさに他ならなかった。それは世の中を寄せ付けない方法であり、その状態の幸福感のしるしだ、と彼は思うのが好きだった。というのは、苦しみと自己犠牲で創られたものがそれほど美味しく味わえるとは彼は思わなかったからだった。

ホテルにはそれぞれの階に両側に部屋が並んだ長い中央の廊下があった。階はすべて同じで、茶色い絨毯が敷かれてベージュの壁があり、部屋が廊下に沿ってまったく同じ配列で並んでいた。ゆっくり上り下りする大きな二台のステンレスのエレベーターがあり、扉がフロントのロビーでは絶えず開いたり閉じたりしたが、そこでは人々が、一組の扉が人々の集団を乗せて閉まり、もう一組の扉は新しい集団を放出する限りなく続く光景に魅了されたかのように、地味な赤いソファに座っていた。時々、上の階の廊下で、部屋が掃除される間扉が開いたままで、部屋はみな同じで、茶色い絨毯が敷かれ、積層木材の家具があり、シャッターの閉じた窓の周囲のアパートの建物が同じように見えた。だが、客がホテルのプラスティックの鍵カードで自分の部屋に入る時、彼らの態度の何かが自分の部屋は見分けがつき、独特であると無意識に思っていることを示していた。掃除人たちは白いエプロンを着け、一日中働き、廊下に沿って絶えず移動し、階を上り下りして、また戻って来た。彼女らはプラスティックにくるまれた糊のきいたシーツと枕カバーの大きな包みを持ち、部屋の中で働いている間は、それを外の廊下に積み上げたままにしておいたので、時々廊下は雪が降ったばかりの人気のない風景のように見えた。

下のフロントのロビーにはソファに囲まれた大きなテレビがあり、そこで男たちの集団がしばしば座ったり立ったりして、数分間フットボールやフォーミュラワンの競争を見ていた。ニュースになると、男たちは離れて行ったので、ニュースを読む人は誰もいない空間に熱心に話すのだった。大きな板ガラスの窓の丁度向かい側は喫煙する場所で、そこには男性の集団と時々女性が立っていて、中のテレビの周りの集団を映し出していた。この二つの場所は催しの前やレストランに行くバスに乗るために代表者たちが集まるところで、そのような時、一つの代表者の集団ともう一つの集団の間の大きな窓ガラスの存在は――それぞれがもう一つの集団を見ることはできたが聞くことはできない――私たちの状況の不自然さについて何か意味しているように思われた。少し離れたホテルの外にベンチがあり、駐車した車に面していて、それは窓の丁度向かい側にあり、中からはっきり見えたが、一人になるための場所として選ばれたように思われた。ソファに座っている人々は、ベンチに座っている人から一、二フィートしか離れておらず、ベンチの人の頭の後ろを細かく見ることができた。だが、誰かがベンチに座っている時には、その人は一人になりたいか、一人ずつ注意して近づいて欲しいのだと思われ、そこでは、集団が普通するよりももっと静かで長い会話がされた。そこはまた、人々がよく携帯電話をかけたり、普通会話で使われる英語以外の言葉で話す場所だった。

会議の主催者たちは会議のロゴがプリントされたTシャツを着て、ほとんどがとても若かった。みんなが催しに出席しているか、バスに乗ったかを確認するのが彼らの責任だったので、彼らはいつも用心深く心配そうに見え、深刻な相談をしている姿がよく見られたが、話をしている時、彼らの目はよくホテルのロビーを見回していた。もし代表者がいないと、大急ぎで探し、その人が最後に見かけられたのはいつかについて長々と話し合われた。しばしば主催者の一人が階上を探すためにエレベーターで上ると、その時もう一つのエレベーターの扉が開いて探している代表者が現れることは稀なことではなかった。出席している作家の一人、ウェールズの小説家は、周辺の郊外の特徴のない迷路に徒歩で出かけ、訪れた教会や遠い目印となるものの話を持って帰って来る習慣があったので、いつも心配の種だった。彼はまるで主催者たちに彼を捕まえておくことが手薄であることを思い出させるように、ウォーキング・ブーツを履き、いつも小さいナップサックを持ち歩いていたが、数回食事時のバスに乗る時に姿を見せず、どこか他のところから歩いて来て、少し顔を赤らめ、息を切らせて、でも、時間を守ってレストランに現れた。この同じ人は、他の参加者――主催者も代表者も同様に――と友達になるためにはどんなことでもして、彼らが言ったことや話した場所の詳細を小さい皺のよった革のノートに書き留め、町や本やレストランの名前を正しく書いたか確かめるために、よく彼らのところに戻って来た。彼はいつも旅行についてそのような覚書を作り、家に帰ると、それをタイプして、名前と日づけ順にファイルするので、ファイルを開けさえすれば、例えば、三年前に訪れたフランクフルトのブック・フェアについてその詳細を逐一知ることができた、と彼は私に言った。多かれ少なかれ何かを覚えている必要性が省けるこの習慣をつけたのは、彼が忘れっぽいからではなく、どんなにそれが無益で些細でも、情報を保つ彼の能力がそうしないと彼を絶えず気の散る状態に置くからだった。彼が取ったように思われる人々に質問する彼の会話の戦術のために――恥ずかしさから彼はそう言わなかったが――彼は普通ではない量の情報を受け取ったが、自分について質問されると、彼は歯切れが悪く曖昧になり、自分の状況について大雑把なこと以上は話したがらなかった。彼は会議の催しに一つ残らず、自分が理解できない言語で行われたものにさえ出席した、と言った。そうしなければ、主催者たちは彼に失望するだろう、と彼は感じた。

私はこのウェールズの作家が誰にでも――その中にはバスの運転手やホテルのスタッフも含まれていた――些細な自分にはほとんど無関係なことを長々と話したが、彼が自分と同等だと思う人や自分の国や他の国から来た有名な作家たちを避けがちであることに気づいた。このような人々が数人出席していて、その何人かに私は前に会ったことがあり、その中の一人が二日目に私に近づいて来て、私たちはアムステルダムで全員女性のパネル・ディスカッションに参加し、そのパネリストたち――有名な思想家や知識人――は自分たちの夢について語るように求められたことを私に思い出させた。私はその時彼女を幾分怒ったような様子の内気で緊張したように見える女性だと記憶していたが、ホテルのロビーに立って、まるで私たちが最後に会って以来ずっと、エネルギーを使うというよりも得てきたかのように、彼女は落ち着いて活気があった。そして彼女は自分の名前を――それはソフィアだった――そのようなことは忘れられてしまう可能性を恐れるより受け入れる人の実用的な率直さで私に思い出させた。私は男性の知識人のパネルに自分たちの夢について話し合うことを求められるなんて想像できない、と彼女は今優雅な微笑みを浮かべて言った。そして、司会者は私たちのいわゆる誠実さを引き出したかったのだと思う、と彼女は言った。まるで真実と女性の関係はよくても無意識なものであるかのように。でも、実際は女性の真実は――もしそのようなものが存在すると言えるなら――非常に内部にあって内向きなので、その共通の形は決して合意できないのかもしれない。女性の集団が集まって、女性であることの理想を促進するどころか、それを心理的な異常として扱って終わるのというのは悲しいことだ、と彼女は言った。

アムステルダムで私たちが会った夕べ以来、彼女は数冊の小説と西洋文学の真作リストに関する本を出版したが、そこからたくさんの男性が取り除かれ、たくさんの女性が加えられるべきだと主張した、と彼女は私に言った。その本は他のところでは良く受け入れられたが、ここ彼女の母国ではほとんど無視された、と彼女は言った。彼女はこの会議にフェミニストの作家の資格ではなく翻訳家として出席していて、翻訳によって彼女はこの国の作家の何人か――そのほとんどすべてが男性――を彼女自身よりも国際的に認められるようにした。あるいは多分ここが私の住んでいる町だから、私はここにいるのかもしれない、と彼女はベルのような高い笑い声をあげて言った。他のみんなはあらゆるところから飛行機で来なければならないけれど、私は道を歩きさえすればよいので、私を招待するにはお金がかからないわ。

私は彼女がまるで自然な環境でより明るく輝いているかのように、彼女が自分が住んでいる町にいるという事実が彼女の変わった様子の説明になるのではないか、と思った。彼女はぴったりした襟ぐりの深い鮮やかな青緑色の服を着て、ウエストの細さを強調する太いベルトをしめ､服に合ったハイヒールのブーツを履いていた。彼女はとても小柄で細く、血色の悪い肌で、髪の毛は柔らかな明るい茶色で、口は表情に富んでいて、つま先で立って、大人越しに見ようと努力している子供のように、彼女は頭を非常に高く上げていた。首と手首に数個の宝石をつけ、彼女の顔は注意深く化粧され、特に目の周りは念入りで、印象的に輪郭を描いていたので、まるで彼女だけが見えるものの強烈さと極端さを見守っているかのように、目は絶えず驚いているように見えた。しばらくして、私はこの変装の後ろに私が覚えている内気な女性を認めることができ、彼女の衣装は、彼女が忘れられたり無視されたりすることを防ぐためのものであるが、それはまた、彼女の女性であることを他の人々が答えることを求められているある種の問いか、彼らが解くことを期待されている問題にする効力を持っている、と私は思った。

ここは、と彼女は板ガラスの扉の向こうを身振りで示して言った。正直に言って、住むのにとても刺激的なところではないが、離婚した後、彼女と息子は彼女の両親の近くにいる方が良いことに彼女は気づいたので、首都を離れたが、混乱が収まったらいつかそこに戻りたいと思っている、と彼女は言った。

「母は私たちにとても優しいの」と彼女は言った。「家族の中で離婚したのは私が初めてで、それは母にとって不名誉なことで、彼女はそのことを私に忘れさせることができないのだけれど。母は私が彼女を見ていることがわかっている時に、息子を見て、まるで彼女の目の前で貴重なものが床に落ちて、粉々に砕けてしまったかのように、手を口に置くの。母は息子をひどい病気にかかっているように扱うわ」と彼女は言った。「そして多分彼はそうなのでしょう。でも、もしそうなら、他の人々が彼に対して同情的でも、それを切り抜けるのは彼次第だわ」

実際、子供は最近フットボールをしていて脚を折った、と彼女は続けた。そして傷が不思議なことにウイルス性の感染症になり、その原因も治療も医者たちは見つけることができないようだった。彼は一か月入院して、その後二か月寝たきりだったが、この経験が彼の性格を完全に変えた、と彼女は言った。何故なら彼はそれまでいつも肉体的に行動的で、スポーツに夢中で、そのルールや報奨を生きるためのエートスにしているように思われたからだった。例えば、両親の離婚を目撃して、彼は自分はどちらの側につくべきか、彼の目の前で行われる多くのいさかいでどちらが勝ってどちらが負けたかずっと答えを出そうとしていた。その男性の価値観を自分のものと同一視して、その上彼が楽しむ活動の多くを一緒にした父親の側に彼がつくのは自然だった。そして、父親はあらゆる機会にこの共感を利用し、それによって子供が全人生と性格を形作るより大きな種族のアイデンティティの起源を彼に教え込むことにほとんど自制を示さなかった。その種族はこの国のほとんどすべての男性が属するもので、彼らの集団としての女性との関係は、世話をしてくれるのでまったく女性に依存していたが、しばしば敵対するので女性を恐れもした。そして、彼女は最善の努力をしたが、善悪に対する息子の問いが、彼が囲まれ、あらゆることが彼に服従することを勧める低いレベルの偏狭な信念に答えを見出すのは時間の問題に過ぎないことに彼女は気づいた。それでも、彼が父親はあることを言い、母親は別のことを言うと訴える時はいつも、彼女は彼が頼んだように、そのどちらが正しいかについて意見を述べなかった。自分で決めなさい、と彼女は言うのだった。自分の頭を使いなさい。彼は母親の反応によく狼狽したが、これは彼女の前の夫が彼らの状況について非常に偏った話を彼にしている証拠だった。何故なら子供は自分がつく側がない時、言い換えれば視点がない時、上手く対処することができなかったからだった。だが、自分の頭を使う努力は、父親の話を信じる容易い可能性よりもずっと魅力がなかった。彼が三か月間肉体的に動けなくなるまではそうだった。

床について、彼は最初鬱病のようなものになり、黙って、元気がなくなったが、それから何かに興味を示そうと努力し、これに続いて怒りと挫折感の期間があり、それは違っていたが、同じように良くなかった。生活に不自由で、行動することができなかったが、彼の生活の事実が前よりも彼にとってはっきりしてきた。その事実の一つは、父親は滅多に彼に電話をしたり、会いに来ないというものだった。もう一つは、母親は彼のベッドの傍から決して遠くに行かないというものだった。ある朝、と彼女は言った。私は彼の朝食をお盆に載せて彼の部屋に行った。その日のうちにに届けなければならない作品があったので、私は六時から起きて働いていて、まだシャワーも浴びず、髪もとかしていなかった。私は眼鏡をかけ、古い服を着て、化粧もしていなかった。すると彼はベッドから私を見上げて、ママ、とても醜く見えるよ、と私に言った。そして、私はそう、これが私が時々見える姿よ。別の時には化粧をして、素敵な服を着て、きれいに見えるけれど、これもまた私の姿なの。私はあなたをいつも喜ばせるわけではないけれど、別の姿と同じようにこの姿でも私は本物なの、と私は言った。

彼女は一息ついて、目を窓越しに駐車場の方に向けたが、そこでは他の代表者たちがバスを待って集まっているのが見えた。風が彼らの髪を横に吹き動かし、彼らの服を体に押し付けた。

彼がベッドから出ると、と彼女は間もなく続けた。彼は前よりも静かで思慮深い人になり、少なくとももう一年はどんなスポーツもできないという知らせを潔く受け入れた。ある意味で私は彼の病に感謝している、と彼女は言った。でもその時は、それは忍耐の限界のように感じられ、まるで私の不幸に終わりがないように思われたけれど。彼の父親がスポーツカーを乗り回し、海辺の別荘にガールフレンドを訪ねている間に、私は病んだ子供と一日に五回電話してきて、結婚した後も、遠慮なくずけずけ言ったり、仕事を続けたのは私の誤りだと言う母親と一緒に私の住んでいる町の小さいフラットから動けないのは不公平なように思われた。この国では女性が認める唯一の力は奴隷の力で、女性がわかる唯一の正義は奴隷の宿命的な正義だわ、と彼女は言った。少なくとも母は私の息子を愛しているけれど、子供を愛する人々はしばしば彼らを一番尊敬しないということに私は気づいた、と彼女は言った。

背の高い大きな陰気そうに見える男性がロビーに入って来て、私たちからずっと離れたところに立って、夢中で携帯電話を見ていた。ふさふさした黒い巻き毛で、黒い顎髭をはやし、大きなふくらんだ静止した顔をして、彼は古代ローマの巨大なへこみのある像の一つのように見えた。彼に気づくと、ソフィアの顔が輝いて、飛ぶように前に進み、彼の腕に触れると、彼は明らかにしぶしぶと携帯の画面からゆっくり見上げたが、彼の大きな微かに寂しそうな目は邪魔されたことを示していた。ソフィアは母語で彼にさえずるように早口で話しかけ、彼はゆっくりと堂々として答え、まったくじっと立っていたが、彼女は非常に活気に満ち、話している間彼女の姿勢は絶えず変わり、手まねで示すように、手を速く動かしていた。彼は彼女よりずっと背が高く、頭を真っすぐにしていたので、彼が彼女を見下ろした時、彼の目は半ば閉じられているように見えたが、それは彼が彼らの会話に飽きたのか魅惑されたかどちらかの印象を与えた。しばらくして、彼女は私の方を向き、また彼の腕に手を置いて、その男性をルイスと紹介した。彼は今私たちの最も重要な小説家なの、と彼女は付け加えたが、彼の頭はさらに上がり、目はまったく閉じそうになった。今年彼は最新の本で私たちの主な文学賞を五つ全部受賞したのよ。ルイスが書くテーマは他の男性の触れようとしないものなので、それは大評判なの。

私はソフィアの男性作家と彼らが彼女の輝きを奪う傾向にあるという言葉の後でルイスのこの評価を聞いて驚き、そのテーマはどんなものか、と尋ねた。

家庭生活、とソフィアは真剣に言った。そして郊外の普通の生活、そこに住む普通の男性や女性や子供たち。そうしたものはほとんどの作家が自分の下にあるものだと考えて、代わりに空想的なものや注目すべきものを追求して、そうすることによって自分たち自身の重要さを増したいと思って、公的に重要なテーマに集中することを彼女は疑わなかった。でも、ルイスはそうしたものすべてに簡潔に正直に現実に対する敬意をもって触れた。

私は自分の知っているものについて書くのです、とルイスは言って、肩をすくめ、私たちの頭越しに遠くの何かを見ていた。

彼は控えめなの、とソフィアはベルのような笑い声をあげて言った。何故なら彼は傲慢になることで彼の書く世界を裏切ることを心配しているからよ。でも実際、彼はそれに新しい威厳を、私たちの文化ではユニークなものを与えたけれど、私たちの文化では金持ちと貧乏人、若者と老人、とりわけ男性と女性の区分が克服できないように思われてきた。私たちは私たち自身の違いをほとんど迷信的に信じて暮らしているけれど、ルイスはこうした違いは何か神聖な神秘の結果ではなく、単に私たちの共感の欠如の結果であることを示し、それはもし私たちが共感を持てば、実際私たちはみな同じであることがわかるでしょう、と彼女は言った。ルイスがこのように賞賛を受けているのは彼の共感のためであり、だから彼は賞賛されていることを恥ずかしく感じるのではなく、喜ぶべきだと思う、と彼女は言った。

こうしたことが話されている間、ルイスはとても憂鬱そうに見え、彼の反応は深い沈黙で、それは主催者たちが外に止まっているバスに乗るように私たちを呼ぶまで続いた。私たちはコンクリートの表面が割れたり、裂け目ができ、雑草が生えている広い何もない道を走り、広大なドックの奇妙な人気のない風景を一周したが、その大きな塊のような不可解な形は見渡す限り広がっていた。そしてそれから反対側の荒れ果てて広範囲にわたる郊外の通りの網状組織に再び入った。その日は、低い空の下は灰色で、風が強かったので、そこでは人間の大きさのものが現れると、すり減らされ、圧迫されているように見えた。レストランや店の日よけがパタパタ揺れ、歩道でごみが風で舞い上がり、外の焼き肉のコンロの煙の輪が空中に広がり、点在する歩行者の集団がバッグやコートをしっかり握って、頭を下げて、前に進んでいた。私たちがレストランのある通りに来ると、そこはふさがれていた。道は前の日からすっかり掘り起こされていて、今は風で音を立ててはためくテープでしるしを付けられた溝があった。バスは脇道に移動し、それから何度もゆっくりと曲がったが、乗客はこの新しい展開を話し合い、結局、首を振り、諦めたように肩をすくめて、話すのを止めた。やっとバスは私たちを降ろせるレストランから少し離れた場所を見つけ、人々は私たちが前にいたところへと一人かグループで歩き始めた。私たちは老朽化して落書きされた建物に囲まれたコンクリートの敷地を通ったが、そこでは月桂樹の木々が赤い先のとがった花をつけていた。奇妙な音楽が風で渦を巻いてどこか近いところから聞こえてきた。それは誰かが笛かフルートを吹いている音だったが、間もなく少年が落書きされた塀の廃墟の低木に半ば隠れて、楽器を唇にあてて立っているのが見えた。

主催者たちは毎日私たちが三回訪れるためにこの地域のどのレストランでも選べるのに、こうした道路工事が警告もなく魔法のように現れるのは典型的だ、と私たちが以前の通りの上に作られた一時しのぎの歩道をよじ登っている時に私の隣の男性が言った。そして、こうした不便なことが情報の欠如のためであるとなかなか認めない、と彼は言った。何故なら主催者たちはそれについて最初からずっと知っていたが、彼らは決めたことを変えたがらなかった可能性は十分にあるからだ、と彼は言った。この国の人々が無力感に襲われていると考えるのは容易いが、それはまた頑固さとも呼べる。何故なら変えることが可能である時でさえ、変えようとしないからだ、と彼は言った。彼自身この国の最も重要な全国紙で働いていて、こうした現象を直接に見る機会がしばしばあった。ある日、彼は重大な政治危機か人間の惨事を扱うために行かせられ、次には郊外のどこかの岩の上に現れたと思われる聖母マリア像について報じるために行かせられたが、こうした二つの出来事を同じように真剣に扱うことを求められた。丁度道路工事の出現の説明があるかもしれないように、と彼は言った。聖母マリア像の出現にも説明があるべきだ。片方が説明できなければもう一方も説明できない、と彼は言った。それで、人々はさらに大きな質問をするのを避ける方法として道路工事の謎を受け入れるのだ、と彼は言った。

私たちは今レストランに入っていて、代表者のために予約された部屋の一方にずっと広がった長いテーブルに向かって座っていた。もう片方はいつも混雑していて、そこから発せられる騒音と笑い声は、長いテーブルの気まずさとそこの決められた場所の固定感と対照的だったが、代表者たちは食事が続いている間自分たちの運命は決められていることを知って、その決められた場所につくことを嫌がり、敷居を越えて中に入る前に、誰がどこに座るかについて話し合われた。ほんの数フィート離れた部屋の反対側では、人々がうるさい元気の良いグループを作って集まり、初めも終わりもないように見える食事をしていたが、そこにウェイターたちが人ごみを縫うように進み、頭の上に銀の盆に載せた料理を運び、もっともっと食べ物を持って来た。

私の隣の男性は、厚くて白いナプキンを素早く振り回して広げ、シャツの襟に挟み込んだ。彼は六十代で、禿げた木の実の茶色の頭で、小さい丸い目には皮肉なユーモアの表情があった。彼は私の本を読んで、彼の新聞のために私にインタビューするつもりだったが、私に尋ねることを考えている時に、新しい考えが浮かんだが、それは私を私の小説の登場人物の一人として扱い、自分に語り手の力を与えるというものだった。これは文学のインタビューでは普通使わないやり方だったが、新聞のために扱うことが求められる他のすべてのことを考えても、彼は多分極端な数の文学のインタビューをしてきた。例えば、明日はフットボールの決勝戦に行かなければならないが、彼は結局毎年必ず起こる群衆と彼らの熱狂的興奮は特に飽き飽きすると思うので、それは退屈な仕事だった。そして前に言ったように、彼はある日は宗教的な奇跡について書き、次の日には国家の腐敗について書いている自分に気づいた。文学的な作家のインタビューを普通彼は楽しんだが、それでも、彼らの生活を調べ、前の作品を読み、彼らが関心を持っている問題を詰め込み勉強して、彼らの世界に入ることが自分の仕事だと彼は考えた。でも今回は、多分彼がずっととても忙しかったために、そして会議には注目を必要とする非常に多くの作家がいたので、背景という点ではあまり準備をせずに彼は私の本に取り組んだ。実際、彼は夕食の後部屋に戻り、昨夜遅くそれを読み終えたのだったが、その本の著者として行動しようという考えが浮かんだのは彼が眠りにつこうとする時だった。彼がそんな力を身につけられると信じる気になったのは興味深いことだった。彼は著者が書いたように、あるいはある幾つかの場合には著者が書くことを望んでいるように書くことを想像できなかったので、普通小説は逆の効果を彼に与えた。そのことを考えて見るだけで彼は疲れ果て、時々彼はこうした天才たちがエネルギーをあまり持っていなければよいと思っている自分に気づいた。何故なら彼らが新しいものを書く度に、彼はそれに反応しなければならなかったからだった。何もないところから何かを呼び出す、前は空白に過ぎなかったところに言葉の大きな構造を創るすさまじい努力は、彼自身はできないことだった。実際、それは彼を消極的にして、彼自身の生活の些細な詳細に戻ることで安心感を与えた。例えば、私の登場人物はしばしば簡単な質問によって自己発見の偉業を成し遂げたが、そのことは質問することが中心的な特徴である彼自身の仕事を考えさせた。けれど、彼の質問は滅多に耽美な答えを引き出さなかった。実際、彼はいつもインタビューを受ける人に何か興味深いことを言って欲しいと願っている自分に気づくのだった。何故ならそうでなければ、そこから報道価値のある記事を書くことは彼次第だったからだった。前に言ったように、眠りにつく時に、彼はその点で説明がつかないほど権威を与えられたと突然感じたのだった。まるで彼がいつもしているよりもずっと簡単な質問が――そして多分たった一つの質問が――彼のためにすべての謎を解くかのようだった。彼が一番好きな質問は――それは語り手という新しい役割で私にするつもりの質問だったが――ここに来る途中で私が何に気づいたかに関するもので、もし彼の――あるいはむしろ私の――推測が正しければ、私にその質問、ここに来る途中で私は何に気づいたかという質問を私にすることによって、いわば彼は私に彼のために全部インタビューを書かせることができるだろう、と彼は言った。

テーブルの向かい側に二人の男が座っていて、その一人が話を遮り、私の隣の人が明日の優勝決定戦を扱うつもりであると言ったのを正しく聞いたか、もしそうなら予想される結果についての彼の意見はどのようなものか、と尋ねた。私の隣の人はゆっくりと念入りにシャツの襟に挟んだナプキンを直して、憂鬱そうに忍耐強く長い、明らかに遺憾の意を表す答えをしたが、その趣旨は彼らが望んでいるのは結果ではないだろうというものらしかった。白熱した議論がそれに続いたが、その間にソフィアがレストランに入って来たが、私の隣の空いている席を見て、やって来て、そこに座った。同時にルイス――彼は彼女の後から入って来たのだが――がテーブルの反対側の端の方へ大股で歩いて行き、それからそのテーブルをまったく無視して、レストランの一番遠くの隅の小さいテーブルに向かって一人で座るのが見えた。ソフィアは失望したように息を飲み、また立ち上がって、何故ルイスが一人で座ることに固執するのか探ってくる、と言った。数分後に彼女は戻って来て、残念そうにバッグを持ち上げ、彼は動こうとしないので、彼女が行って彼の相手をしなければならない。何故なら彼をあんな風に立ち去らせるのは間違っていると感じたからだ、と彼女は言った。私の隣の人は会話を中断して、それは馬鹿げた提案だと言った。レストランの中で彼を追いかけまわして、あなたは何をしているのですか？　とシャツの襟もとの白いナプキンをまた直し、小さい丸い好奇心の強い目でソフィアを見て私の隣の人は言った。ルイスが一人でいたければ、そのままにしておくべきだ。そうでなければ、彼は来て私たちに加わるべきだ、と隣の人は言った。ソフィアは眉をよせて言われたことを考え、それからハイヒールのブーツで素早く歩いて行き、今度は数分後に辛辣な顔つきをしたルイスを引き連れて戻ってきた。

「私たちはこんな憂鬱な行動は許さないでしょう」と彼女は震えるような笑い声を立ててルイスに言った。「私たちはあなたを現世に生かしておくでしょう」

ルイスは隠すことのない苛立った表情を顔に浮かべて座り、フットボールについて話し合っている他の男たちに直ぐに加わったが、そこでソフィアは私の方を向き、ルイスは傲慢な印象を与えることに気づいたが、実際成功は彼にとって苦痛で、そのために強い罪悪感と過度にさらされた感覚に苦しんでいるのだ、と私の耳元で小声で言った。

「この国の男性としては」と彼女は言った。「そしてどの男性としても、彼は自分の人生について正直だった。彼はまったくそれとわかるようなやり方で自分の家族や両親や子供時代の家庭について書き、ここは小さい国なので、彼は彼らを利用したか体面を傷つけたのではないかと心配しているけれど、もちろん世界の他の地域の読者にとっては、はっきりと表れるのは、まさに正直そのものなのよ。でも、もちろん彼が女性だったら」と彼女は私の耳にもっと近く身をよせて言った。「彼は彼の正直さのために軽蔑されるか、少なくとも関心を持たれないでしょう」

彼女はウェイターがテーブルに皿を置けるように深く座った。皿には茶色い強い臭いのするピューレが入っていて、ソフィアは鼻に皺をよせてこの料理は「他のやり方では誰も食べられないもの」とだいたい翻訳できると言った。彼女は少しスプーンですくい取り、それを自分の皿の端に軽く塗った。ウェールズの作家が今は姿を現していて、彼の髪は風でこわばり、ボタンをとめていないシャツから紅潮した首が見えた。少しためらった後で、彼は唯一残っている席に、ソフィアの隣に座り、用心深く微笑んで、細い黄色い歯を見せた。彼が彼女に皿にあるものは何かと尋ねると、彼女は翻訳を繰り返さず、ただ愛想よく微笑んで、ひき肉でつくられた地元の名物だと言った。彼は前に身をのり出して、いくらか自分の皿に盛り、数個のパンも取った。彼は許して欲しい、と言った。彼は非常に空腹だったが、それは浜辺に沿って歩こうとして、代わりに一連の工業用コンビナートや住宅団地や商店街に巻き込まれたためで、それらのすべてが半ば廃墟の状態で、多かれ少なかれさびれていたが、すべての道が間違いなくそこに続いていたので、結局彼は海に行こうとして、塀や境界をよじ登らなければならなかったが、彼は有刺鉄線とたくさんの監視塔のように見えるものに囲まれた立ち入り禁止のコンクリートの広々とした場所に自分がいることに気づき、三人の制服を着た男たちに銃を突き付けられた。彼は明らかに軍事区域に迷い込んでしまったのであり、こうした男たちに自分はテロリストではなく文学の会議に出席している作家だと説明するのに乏しい言語的手段を全部使ったが、文学の催しについて——驚いたことに——彼らは聞いて知っていた。彼らはとても親切になり、彼を行かせる前にコーヒーとタルトを出してくれたが、彼はレストランがどんなに遠いかに気づくと、彼らが出してくれたものを受け取らなかったことを後悔した。彼は戻る道のほとんどを走らなければならなかったが、それはウォーキング・ブーツを履いていては容易いことではなかった。

この話はルイスの注意を引き、彼は自分の国の社会経済的な衰退について話し始めたが、それは十年近く前の財政的な危機によって引き起こされ、その影響はこのようなところでまだ感じられる、と言った。ウェールズの作家はこの話の転換を食べる機会として使い、最初の料理を手早くすませる間しばしば頷き、それから満足して、椅子に深く座った。ルイスが話し終わると、彼はウェールズの彼が住んでいる地域は同じようにほとんどどうしようもないほど下降軌道にあったが、どうにか現代への発展を終えた、と言った。ほんの一世代前の老人たちは英語を話さない家族がまだいる、と彼は言い、土地の人々との会話で、彼はかつて人間がお互いだけでなく、動物や鳥や山や木々と親しい関係で豊かに自分の居住地で暮らした世界について聞いたが、そこではまた歌や物語を語ることや礼拝の、そしてまた感情的歴史の、深い恨みや強い対立の、血族結婚して彼らだけの現実の国に住む一族の伝統が重視されていた、と彼は言った。四十年にもならない前には、地域の人々全員が日曜日には山に登り、年取った女性や小さい赤ん坊や背が高くてがっしりした農夫や村の少女たちやおしゃべりする子供たちの一団が、犬や仔馬を連れて、食べ物が、ハムサンドイッチが入ったバスケットとお茶の大きな魔法瓶を持って登り、そして男たちは小高い丘を登る時に歌を歌うのだった、と彼は言った。彼が今書いている小説はその消えた世界を再現しようとする試みで、彼はその風俗習慣や農業のやり方や料理や家庭のしきたりや、教会へ行ったり社交をするやり方や民間伝承やその土地固有の詩や歌についてかなりよく調査した。彼は数えきれない人々にインタビューをしたが、そのほとんどが——明らかな理由で——老人で、彼が作った準備の記録によれば、彼らの過去の生活は素晴らしいように見えたが、驚くべきことは、こうした人々が郷愁は表したが、もうそのように生きないことにほっとしていると主張することだった。時々彼は古い世界の喪失を彼らよりももっと強烈に感じていると思った。何故なら彼らが覚えているものがそんなに美しいのに、どうして彼らがテレビやセントラルヒーティングなどの中身のない便利なもののある老人の家庭のつまらなさに耐えられるのか彼にはわからなかったからだった。自分の知っている世界は何一つ残っていない、と一人の老婦人が彼に言った。草の葉一枚も同じではない、と彼女は言った。彼はどういう意味かと彼女に尋ねた。何故なら草は少なくとも草だったからだが、彼女は彼女の生涯の間にあらゆるものがすべて変わってしまって、彼女には見分けがつかなくなったと繰り返して言うだけだった。この女性は彼と会話した後間もなく安らかに亡くなり、彼女と話す機会を得て、彼女の記憶を記録できたことは幸運だった、と彼は言った。もしそうしなければ、彼女の記憶は彼女と一緒になくなってしまっただろう。だが、彼の小説のページにこうした記憶を新しく輝くように再構成している時でさえ、変化に対する彼女の言葉の意味はずっと彼には理解できなかった。結局、彼は失われたものの本質を受け入れることができなくて、時々、まるで彼女がその本質を盗んで、永遠に彼女と一緒に持って行ってしまったかのように、彼は書いている間、彼女に対してほとんど腹を立てた。例えば、彼が住んでいるところ――スノードニア国立公園の農家――では、風景はほとんど変わっておらず、その地域の人々は、増加することによってそこの性格や美しさを傷つける小さな変化――度を越えた道路標識や新しい駐車場――と積極的に戦い、また古い家内工業や土地の管理の伝統を復活させようとしていた。彼がこうした丘に歩いて行く時、彼らの現実は昔いつもそうであったままである、と彼は思ったが、もちろん他の物を用心して見回すと、そう言えるところに住むことができて幸運だと気づく、と彼は付け加えた。

ルイスは大きな憂鬱そうな顔に感情を表さずに聞いていたが、指で一つのパンを小さくちぎって、それらを堅い小さい球に丸めて、それから皿の周りのテーブルに落とした。

「母がかつて私に言いました」と彼は言った。「彼女が子供の頃、収穫の時に村には祭りの日があり、農夫たちはいつもその日に刈り取る最後の一つの畑を残しておいたと。みんなは男たちが草刈り鎌で刈り取るのを立って眺めていたのです。何故ならそれがしきたりだったからです。いつもしていたように、真っすぐな線を描いて行ったり来たりするのではなく、畑の端から刈り取り始めて、畑の中央の小さい部分を刈り取らないままにしておくのもしきたりでした。だから普通逃げる機会のある怯えた野生動物はみんなこの円の中に閉じ込められたのです」と彼は言った。「男たちがその周りを刈り取ると、それはだんだん小さくなり、結局そこにはたくさんの縮こまった動物がいたのです。村の子供たちはシャベルやつるはしや台所からナイフを持ってきて、ある時点で歓声を上げる一団となって前に進んで、刈り取られていない円に下りて行き、動物を殺すことを許されたのですが、彼らは喜び勇んで自分たちやお互いに血をはねかけながらそうしたのです。母はこうした出来事を考えると」と彼は言った。「必ず心が乱れるのですが、その頃はまったく楽しく参加していたのです。そして私たちの親戚の多くはそのような野蛮なことが行われていたことを今は否定します。でも、母はそうしたと言い、そのために苦しみ続けるのですが、それは他の人々とは違って、母はずっと正直で、その残酷さを思い出さずにどうしても過去を思い出せないからなのです。私は時々思います」と彼は言った。「母はその思慮のない行為によって自分の運命を決めたと思っているのではないかと。何故なら人生は報復として彼女を残酷に扱ってきたからですが、そうした印象を創るのは彼女の感受性に過ぎず、前にも言ったように、親戚の人たちは物事をまったくそのように見ないのです。私が書き始めた時」と彼は言った。「それはまるで私が彼女から引き受けなければならない苦しみか、終わっていない仕事か、彼女が私に果たさなければならないこととして伝えた何かのように、私は彼女の感受性の圧力を感じたからでした。でも、私自身の人生では、何を繰り返しているのかわからない時でさえ、私は他の人と同様に繰り返す運命にあるのです」

「でも、それはまったく事実ではないわ」とソフィアが語気を強めて言った。「あなたの人生はあなたの才能とそれを使って創ったものによって変えられた――あなたはどこにでも行けるし誰にでも会える。あなたは世界中で賞賛されているのよ。あなたは街に素敵なアパートを持っていて、奥さんまでいるわ」と愛想よく微笑みながら彼女は言った。「あなたが一緒に住む必要がなくて、あなたの子供を育てるのに専念している奥さんがいるわ。もしあなたが女性だったら、あなたのお母さんがすることになっていた仕事を二倍して、そのために三回責めを受ける以外に、お母さんの人生が剣のように頭上にかかっていると思い、どんな進歩をしたか自問していることでしょう」

ウェイターが今はピューレの皿を下げ、新しい一品、小さい型に入れて作られた形のものを持ってきたが、ソフィアはそれは魚で作られていると大げさに説明し、またほんの少しの量しか取らなかった。皿がルイスに回されると、彼はそれを断り、背中を丸めて、何もせず、頭上の壁をじっと見ていたが、そこには様々な船舶の品物――魚網や非常に大きい真鍮の留め金や船の木製の舵輪――が装飾として掛けられていた。ソフィアがウェールズの小説家に、彼が老婦人の言葉を繰り返して言ったのは興味深かった、何故ならとても違った状況ではあったが、彼女はほとんどまったく同じ言葉を最近聞いたからだった、と言った。彼女の息子が最近父親と数日過ごしに行って、彼が前に見たことがなかった写真のアルバムの隠し場所を偶然見つけた。彼らが別れた時、彼女の前の夫は写真のアルバムを全部持って行ったが、それは多分彼らの歴史を彼が所有していると思ったためか、多分そうしたアルバムの中に起こったことと彼の解釈が矛盾することがあるためだっただろう。そうでなければ、何故彼はそれらを隠したのだろうか？　彼女は言った。

「理由が何であれ」と彼女は言った。「彼は私たちが一緒に過ごした生活の写真を一枚も置いていかなかったの。だから息子が戸棚の中にあるアルバムを見つけた時、彼は幼かったのでそのほとんどを覚えていなかったから、ある意味でその生活を初めて見たのよ。彼が家に戻ってきた時」と彼女は言った。「私は何かが起こったことが直ぐにわかり、彼は数時間とても静かだった。彼は私が気づいていないと思って、私をじっと見続けていたので、結局、私は私の顔に何かついているの？　と彼に言った。だからあなたは私を変な風に見ているの？　それでそれから、彼はアルバムを見つけたことを私に話したのだけれど、彼は午前中全部使ってそれを見た。何故なら父親は友達とテニスに出かけていて、彼を一人にしておいたからだった。ママは写真の中にいた、と彼は私に言った。ただそれは実際ママじゃない。僕が言いたいのは、写真の中の人はママだけれど、僕はママのことがわからなかったんだ、と彼は言ったわ。私はそうした写真を何年も見ていない、と彼に言った」とソフィアは言った。「でも、私は思っているよりもっと年取ったに違いない。違う、ママが老けて見えるんじゃない、と彼は私に言ったわ。ママに関するあらゆることが変わったんだ。写真の中では何も同じじゃない。髪も服も表情も目さえ同じじゃない、と彼は言ったの」

彼女が話している間、彼女の目はもっと大きくなり、もっと輝き、目は涙で一杯だということもあり得たが、彼女は自分が落ち着いていることをはっきりさせるようなやり方で微笑み続けた。ウェールズの作家は心配そうに彼女を見て、顔には微かな驚きの表情が浮かんでいた。

「可哀そうな子だ」とルイスは陰鬱そうに言った。「そもそもその嫌な奴は、どうしてテニスの試合を取り決めたのだ？」

「何故ならそんな風にすれば」とソフィアはこれまでにないほど愛想よく微笑んで言った。「私が自分の時間を持てる時でさえ、彼は私の自由と心の平安を奪えるとわかっていたからだわ。もし彼が週末を息子と一緒に過ごして面倒をみれば」と彼女は言った。「彼はある意味で私に何かを与えることになるでしょうが、子供を使ってでも、彼はそんなことはしないように全力を尽くしているのだわ。私は疑わない」と彼女は言った。「もし息子がまったく彼に任せられたら、彼は息子を育てるのに一流の仕事をして、確実に息子がスポーツで他の少年たちをみな負かし、あらゆるコンテストに優勝し、母親に関心を示さないことによって彼女を必ず罰することを。裁判所で」と彼女は言った。「彼は養育権をめぐって私と争ったけれど、私がそれに反対したことに友達の多くはショックを受けたことを私は知っているわ。何故なら彼らはフェミニストとして私が両方の側の平等を促進するべきだと思ったから、そしてまた、息子は男になることを学ぶために何か特別な方法で父親を必要とするという考えがあるから。でも、私は息子に男になることを学んで欲しくはない」と彼女は言った。「私は彼に経験によって男になって欲しい。私は彼にどのように振る舞うか、どのように女性を扱うか、どのように自分で考えるかを見つけて欲しいの。私は彼が床に下着を落とすことを学んで欲しくない」と彼女は言った。「また、男性の性質を口実に使うことを学んで欲しくない」

ウェールズの小説家はためらいがちに指を上げて、彼は同意しないことは嫌だが、すべての男性が彼女の前の夫のように振る舞うわけではなく、男性の価値観は、単に秘められた利己主義の産物ではなく、名誉、義務、女性や弱者に対する優しさも含むことを指摘するのは重要だと思う、と言った。彼自身二人の息子と一人の娘がいるが、彼は子供たちが分別のある人間であると考えたかった。彼は男の子と女の子には違いがあることは否定できず、同じように男性と女性の違いを否定することは、多分両方の最上の特性を取り除くことになるだろう、と彼は言った。彼は自分と妻は良い結婚をしているのは幸運であるということに気づき、彼らの違いはたいてい争いの原因になるよりも補足するものである、と思った。

「あなたの奥さんも作家ですか?」とルイスが漫然とナプキンをいじりながら言った。

彼の妻は専業の母親で、彼が書いて得る収入は幸運なことに彼女が働く必要がないほどのもので、また彼女は代わりに彼が働くのに必要な時間を見つけるのを助けてくれるので、この取り決めに満足している、とウェールズの小説家は言った。実のところ、彼女は空いた時間に少し書いていて、最近驚くほどヒットした子供向けの本を書いた。子供たちが小さかった頃、彼女はグエンドリンというウェールズの仔馬が出てくる話を彼らに話したが、結局こうした話はとてもたくさんあり、毎晩子供たちの注意をひくために次々と話していったら、文字どおり本が出来上がった、と彼女は言った。彼自身は主観的だったので、グエンドリンの冒険に意見を述べられなかったが、彼はそれを彼のエージェントに見せると、幸運にも彼の妻はかなり印象的な三巻本を出版する契約を結ぶことができた。

「前の妻と私は息子によく物語を話しました」とルイスが陰鬱そうに言った。「そしてもちろん、私たちは毎晩ベッドで彼に話を読んで聞かせましたが、すこしも何も変わりませんでした。彼は毎日本を手に取りません。時々、彼は学校のために何か読まなければなりませんが、まるで彼は苦しめられているかのようですが、私は彼の歳の頃、手に入れることができるものは何でも読みました。その中には洗濯機の使い方の冊子や母のゴシップ雑誌も含まれていました。何故なら家には本が何もなかったからでした。でも、息子は読むことになっている本をいつも失くすほど、本を読むことを嫌がっています。私はその本が雨の中で外にあったり、彼のコートのポケットに忘れられていたり、風呂の傍にあるのを見つけますが、その度に私はその本を取り戻し、きれいにして、彼が見つけられるところに戻すでしょう。何故ならこうした本の拒絶の中に私自身のそして父親としての私の権威の拒絶を見るからです。息子は私を愛しています」と彼は言った。「そして、彼は自分に起こったことに対して意識的には私を責めませんが、彼がもし本に注意を向け、それに没頭したら、また自分を見つけられないかもしれず、彼がしがみつこうとしている世界が自分の支配から転がり出てしまうかもしれないと思っているのではないか、と私は疑わしく思うのです。前の妻は最大限に優しく彼を扱います」と彼は言った。「そして私たちが別れて以来ずっと、お互いに上手くやり、彼がその原因でないと安心させるために私たちの力でできることはすべてしてきましたが、彼の反応は、まったく好奇心を示さず、自分の確実な快適さと娯楽によって自分をつなぎ留めておくことなのです。彼は毎日自分の部屋に座って、テレビを見て、ペイストリーや他の菓子を食べる以外には何もする気にならないのですが、私たちが悪意ではなくて、私たち自身の不注意と利己主義のために彼を壊してしまったと考えざるを得ないのです」と彼は言った。

ルイスが話している間、ソフィアはだんだん動揺してきて、彼の話を遮った。

「でも、あなたは彼を助けていない」と彼女は言った。「脆いもののように彼を扱い、彼を守り、その争いの結果が毎日彼の目の前にあるのに、あなたたちの争いを隠すことによって。私は息子を守ることができなかった」と彼女は言った。「それで彼は自分で決心し、自分の運命は自分の手の中にあることに気づかなければならなかった。彼が本を読みたくない時には、いいわ、大きくなった時、あなたがハイウェイのガソリンスタンドで働くことを選ぶなら、本を読まないでいなさい、と私は彼に言う。子供たちは自分で苦難を乗り切らなければならないわ」と彼女は言ったが、その間ルイスは陰気に首を振った。「そして、彼らにそうさせなければならない。何故なら、そうしなければ彼らは強くなれないから」

今はウェイターが最後の一品、脂っこい魚のシチューを持ってきたが、ウェールズの小説家以外は誰もあまり食べなかった。ルイスは痛ましそうな表情でソフィアを見て、まるでそれが彼女の楽観主義と決意の提供であるかのように、自分の皿を押しのけた。

「彼らは傷ついているのです」と彼はゆっくり言った。「傷ついていて、何故息子の場合その傷がひどいのか私にはわかりませんが、私が彼を傷つけたのですから、彼の世話をするのは私の仕事です。私がわかっていることは」と彼は言った。「もう彼にも自分にもその話をしないことだけです」

ウェイターが皿を片付けている間、沈黙があり、ジョゼ・モウリーニョの指導力についてずっと話していた向かい側の男たちさえ、話を止めて、虚ろな、飽きたような表情で自分の前をじっと見ていた。

「私はたくさんの男たちを知っているわ」とソフィアがほっそりした腕をテーブルに置いて言ったが、白いテーブルクロスには、しわくちゃのナプキンやワインのしみや食べかけのパンの小片が散らかっていた。「世界のたくさんの異なる地域からの男たちを。そしてこの国の男たちは」と彼女は瞬きして微笑みながら言った。「一番優しいけれど、また一番子供っぽい。あらゆる男性の背後には母親がいる」と彼女は言った。「母親は彼を非常にちやほやして、彼はそこから立ち直れず、何故世の中の他の人たち、特に母親にとって代わり、彼が信用することも母親にとって代わったことを許せない女性が、彼を同じようにちやほやしないか決して理解しないでしょう。このような男たちは、子供を持つことが一番好きなの」と彼女は言った。「何故ならその時全サイクルが繰り返され、彼らは心地よく感じるから。他の場所からの男たちは違うわ」と彼女は言った。「でも結局、良くも悪くもなく、彼らはこの国の男より良い恋人だけれど、親切丁寧ではないか、もっと自信があって、思いやりがない。イギリスの男は」と彼女は私を見て言った。「私の経験では最悪だわ。何故なら彼は上手な恋人でも優しい子供でもないから。また、彼の女性の概念は肉体ではなくプラスティックでできているものだから。イギリスの男は、母親から追い払われるので、自分の母親と結婚したいか、多分自分の母親になりたいとさえ思うのよ。彼は見知らぬ人がそうであるように、女性に対して礼儀正しく、分別があるけれど、女性がどのようなものであるか理解しないわ」

「私の息子が父親の家で写真を見つけて」と彼女は続けた。「私が肌のわずかな部分まで前の私と同じ人ではないことを注意深く見た後で、私はしばらくの間、混乱して憂鬱になった。まるで離婚以来、物事を同じようにしようとする私自身の生活が、私にも息子にも見分けがつくようにしておこうとする私の努力が、すべて実際間違っていたように思われたの。何故なら表面の下では何一つ前のままではなかったから。でも、彼の言葉は、また誰かが何が起こったかを初めて理解したことを私に感じさせた。何故なら私は離婚の話を戦争の話のように自分にも他の人にもしてきたけれど、実際それは単に変化の話に過ぎなかった。そして、それは息子が写真の中に見て、気づくまで、調べられもせず、気づかれないままの変化だった。彼が父親を訪ねている数日の間」と彼女は言った。「私は男と過ごす手配をして、週末に彼をアパートに招いた。私は息子に私が他の男性といるところを見られることに注意しなければならなかった。何故なら彼は無邪気に父親に何か言うかもしれず、その反応として、必ず父親はひどい悪意をもって攻撃しただろうから。この注意と秘密の必要性は」と彼女は言った。「またこうした情欲のつかの間の男女関係を刺激的なものにした。それは私自身に与えるある種のご褒美で、私はよくそのことを考え、計画し、時々息子と一緒にいる時でさえ、何らかの理由で退屈した時にはそうするの。でも、この時は」と彼女は言った。「息子が父親のところに行ってしまい、私がアパートで待っていると、私は階段に足音を聞き、鍵が錠前に差し込まれると、突然私の知っているどの男が扉から入って来るのか混乱した。その時」と彼女は言った。「私はそうした男たちがたいして違っていないように思われ、戸口に来た男がどの男かわからない時にそのことに気づいた。私は彼らを信用してきたことに気づいたの」と彼女は言った。「彼らが私に与える歓喜あるいは激しい苦痛においても。でも、その時はほとんど何故だか思い出せず、自分の心の中で彼らをほとんど分けることができなかった」

テーブルでソフィアの話を聞いていた人々は明らかに居心地が悪くなり、椅子の中で体を動かしたり、当惑して目を部屋中に落ち着きなく動かしたが、ルイスだけはとても静かに座り、無感動な表情で彼女をずっと見ていた。

「深いところで」彼女は言った。「こうした関係は前の夫との関係の信憑性を欠いていると私は感じ、こうした感情の説明として、いつもこうした男たちのあら捜しをしていた。ある男は夫と同じようにいろいろな言葉を話さなかった。別の男は料理ができなかった。別の男はスポーツが得意ではなかった。ほとんど」と彼女は言った。「それはまるでコンテストのようで、もしこうした男たちが何らかの点で夫より劣っているなら、夫がコンテストで優勝するかのように思われたけれど、私はこの自分に寛大でない態度を私自身の夫への恐れの産物に過ぎないと説明した。夫は私をほとんど殺しそうになった」と彼女は言った。「私に指一つ触れずに。そして、私は自分が喜んで殺されたがっていることが、夫をそこまでいかせたことがわかった。丁度ある男か別の男への私の信頼がその人に私に喜びや苦痛を与えさせるのと同じように。でも、アパートで鍵が扉に差し込まれるのを聞いて、入ってくる男は夫かもしれないが、それはどうでもよいように思われた。何故なら彼が知っている女性――彼の人格を信じていた女性――はもうそこにはいなかったから」

「あなたは」と彼女はルイスに言った。「あなたはもう物語を語らないと言ったわね。多分同じ理由で。何故ならあなたは登場人物を信じていないからか、登場人物としての自分を信じていないからか、あるいは多分物語を機能させるには残酷さが必要で、あなたはその劇から手を引いてしまったから。でも、息子が写真についてそうしたことを言った時、彼は私がまったく気づかずに、何故か私から認識の重荷を取り去ってくれたことに私は気づいたけれど、それは私の心の中では生きる、物語を語る重荷と分けられなかった。彼はその時実際それは別のものであることを示してくれた。そしてその影響は私に信じられないような解放感を感じさせてくれたことだったけれど、同時に重荷を取り除くことによって、私は他に何も生きる目的を持たないことに気づいた。あなたは生きなければならないわ」と彼女はルイスに言い、テーブル越しに哀願するように手を伸ばし、彼もしぶしぶ手を伸ばして、彼女の手をぎゅっと握ってから手を引っ込めた。「誰もその責務をあなたから取ることはできない」

主催者の一人がテーブルに来て、ホテルに私たちを帰すバスの準備ができている、と言った。レストランの外で、少年がもうフルートを吹いていない落書きのあるコンクリートの広場を通って、ウェールズの小説家があそこでは状況はかなり感情的に激しくなっていた、と言った。

「私はソフィアがルイスを自分のものにしようとしているのではないかと思いました」と彼は低い声で言い、両側をちらりと見たが、そこでは廃墟となった建物の壁が崩れかけた端の背後で暗い割れ目を見せていて、道に生えている雑草が風で前後に揺れていた。「実際」と彼は言った。「彼らは良いカップルになると思いますよ」

私は午後に予定されているソフィアの朗読会に出席するかどうか彼に尋ね、彼は残念ながらできないと言った。彼はその日の終わりまでに届けなければならないEU離脱のウェールズの投票について記事を書いていた。絶望的な貧困と醜さの中に住んでいる人々は、圧倒的に離脱に投票したと言われていて、彼の国以上にそれが本当であるところはどこにもなかった。

「それは少しクリスマスについて七面鳥が投票する事例のようでした」と彼は言った。「言うまでもなく、記事ではそんなことは言えませんが」

ずっと南部の産業発展の後の荒廃した地域に住宅団地があって、そこでは男たちはまだ仔馬に乗り、お互いに銃で撃ち合い、女たちは台所でマジックマッシュルームの大鍋を用意している、と彼は言った。もしそれが何かわかっていても、彼らはEUの一員であることについて話し合うのに多くの時間を使うことは彼には想像できなかった。真剣に言って、国が本質的には自己を傷つける行為でまとまったのは悲しい、と彼は付け加えた。だが、彼の売り上げの収入のほとんどが海外から来るので、幸運にも彼自身は影響を受けなかった。皮肉にも、誇り高い人がユーロに反対すればするほど、彼は暮らしがより良くなった。だが、それは彼自身のコミュニティの雰囲気さえ台無しにして、友好的な隣人らしさが互いの疑念に取って代わられた。彼は人々が自分の思っていることを言うのに賛成だが、それは表面の下にあるものがそこに留まっていることを許されていた時を彼に懐かしく思い出させた。住民投票の後の日に、彼はレスターシャーの両親を訪ねていて、ガソリンと一杯のコーヒーのためにガソリンスタンドで止まった。そこは陰気なところで、彼の隣に座っていた男――大柄なあばたがあり入れ墨をした男――は大きな皿一杯の揚げた食べ物をがつがつ食べ、とうとう自分は自分の国で十分なイギリスの朝食を食べているイギリス人になれたのだ、と部屋中に大声で言った。

「結局、それは民主主義はそんなに良い考えではなかったと思わせます」と彼は言った。私が彼の家族はウェールズから来たと思っていた、と言うと、彼は奇妙な用心深い微笑みを浮かべ、私をちらりと見て、細い黄色い歯を見せた。

「私はコービーの丁度はずれで育ちました」と彼は言った。「正直に言うと、そこはかなり退屈でした。私はそこについていつか書こうと思っているのですが、そこには言うことがたくさんありません」

次の朝、風は止み、垂れこめた灰色の雲が薄くなり、上り始め、代表者たちがロビーに集まる頃までには、雲のベールの背後に半ば脅し、半ば期待のように待っていたかに思われるひどい暑さがやって来ていた。代表者の何人かは海岸に行きたがり、主催者たちは陰気に話し合い、時計を見ていた。海岸は少なくとも歩いて三十分はかかる、と彼らは言った。残念ながら、そこに行って、次の催しに間に合うように戻るのは不可能だった。誰かがその催しには同時通訳が用意されているかと尋ね、その催しの主題は聖書の現代的な解釈であったが、主催者たちは、残念ながらその場合に同時通訳を準備することができなかった、と言った。この週末には大きな宗教的な祭りがここであり、スタッフの多くが家族のもとに家に帰ってしまった。また優勝決定戦があり、そのため聴衆の数がさらに激減するのではないかと主催者たちは心配していた。彼らはまるで運命の犠牲者のように行動するが、実際こうしたものは遠くから見て、避けられる行事だ、とエドアルドという男性が私に言った。でも、多分他の現実に気がつかなくするのは、私たちの意志の強さかもしれない、と彼は言った。数年前、彼の友達の何人かがイタリアに家を借りて、車でそこに行くことを選び、住所をカーナビに入力して、その指示に従って行くと、奇跡的にオランダから——彼らが住んでいたところ——はるばるヨーロッパを下って、暑い南部の遠い地域にあるその農家に着いた。彼らはそこで二週間を過ごし、自分たちの自由と自主性とこの変化を成し遂げた容易さに感動した。家に帰る時が来て、彼らはまた車に荷物を積んだ時、どういう訳かカーナビが作動しないことに気づいた。彼らは自分たちがどこにいるかまったくわからず――彼らは一番近くの町の名前さえ知らなかった――そして彼らはその土地の言葉を一言も話せず、人気のない荒野の真ん中にいたので、未開の風景をぐるぐる回って汚い道を運転していかなければならず、だんだんパニックになり、ガソリンと食料がなくなる前に避難経路を見つけようとした。彼らが自由だと思っていた時ずっと、実際はそれと知らずに迷っていたのだった、と彼は微笑みながら言った。

彼は聖書の講演に私が出席するかどうか尋ね、私は理解できないために、それを神秘的な経験として扱わなければならないだろうし、私の編集者がここにいる間に私のために幾つかのインタビューを取り決めたので、その日街に行くことになっている、と言った。この情報に失望を表しているかのように彼は少し悲しそうに頷いたが、誰に対する失望かはっきりしなかった。たまたま街のジャカランダが花咲く短い季節なので、私は街を訪れる幸運な時を選んだ、と彼は言った。ジャカランダはそこの風景の特色で、高い列を作って並木道や大通りに沿って広がり、たくさんの有名な広場を飾っていた。だが、ジャカランダがぱっと花開き、大きな雲のような鮮明な紫色の房をつけるのはほんの数週間の間だけで、それは水か音楽のようにそよ風に動き、まるできれいな紫色の花はみんな一緒にさらさら流れるような音を作る個々の調べのようだった。こうした木々は育つのに非常に長い時間がかかる、と彼は言った。そして街のそびえ立つ木々は何十年——実際何世紀も——年月を経ていた。人々は時々自分の庭でジャカランダを育てようとしたが、幸運にもそれを受けついだのでなければ、私有地でこの光景を再現するのはほとんど不可能だった。彼には多くの友達がいて——賢い上昇志向の良い趣味の人々——彼らはまるで自然の法則が自分たちに当てはまらず、意志の力でそれを育てられるかのように、自分の新しい庭にジャカランダの木を植えた。一年か二年後に、彼らは失望して、ほとんど一インチも大きくならないと不平を言った。だが、こうした木が育って美しい花をつけるには二十年、三十年、四十年かかるだろう、と彼は微笑みながら言った。この事実を彼らに告げると、彼らはショックを受けるが、多分そんなに長い間同じ家に住み続け、同じ結婚をしているとは想像できないからだろう。そして、彼らはジャカランダの木をほとんど嫌うようになり、時にはそれを引き抜いて、他の何かに代えさえする、と彼は言った。何故ならそれは彼らに究極の報奨をもたらすのは——野心や欲望ではなくて——根気と忍耐と誠実である可能性を思い出させるからだった。ジャカランダの木を望み、その美しさを理解できる同じ人々が、それを自分で育てることができないのはほとんど悲劇だ、と彼は言った。

この街は小さい世界で、誰でも多少は他の人を知っているので、自分は私の編集者と知り合いだ、と彼は付け加えた。彼らのコミュニティのように静的なコミュニティでは、他の人々の生活は、長く続く連続メロドラマのように、存在の異なる段階を通って発展し続ける継続しているドラマだった。時々新しい登場人物がやって来るが、中心のキャストは同じままだった。パオラは良い女性だが、何かいつも起こっていて、いつもそれをなんとか切り抜けて強くなる女性の一人だ、と彼は言った。この国では、女性は自分自身を押しつぶそうとするたくさんの企てを切り抜けて生き、彼女はヒーローのように生きなければならず、いつも結局一人で、またそしていつも立ち上がる、と彼は言った。

人のいないソファの前のテレビでは、大群衆が教会の周りに集まり、花輪や蝋燭を高く掲げて、聖職者の服を着た男性がマイクを通して彼らに話していた。大きな水色のサテンのリボンを髪に結び、それに合った入念にフリルの付いた服を着た小さい少女が画面をじっと見ていて、開いたエレベーターの中から両親が彼女を呼んだ。

「私たちの恥ずかしい秘密です」とテレビの宗教的な光景を目をぐるぐる動かして見て、エドアルドは言った。「あなたはこの国の半分が狂っていると考えることになんとか対処できるでしょうが、それから明日にはフットボールの試合があり、それでもう半分も狂っていることが明らかになります」

他の代表者たちは板ガラスの窓の向こうのタールマック舗装をしたところに集まって、

次の催しに連れていかれるのを待っていた。私たちは扉を通り抜けて駐車場に行き、そこで彼は不安な様子で空を見た。

「あなたは変わった天気を見てきたでしょう」と彼は言った。「でも、天気はもっと良くなるだろう、と私は思います」

叩きつけるような太陽が一年のこの時期には普通だ、と彼は付け加えた。こうした灰色の混沌とした陰鬱な合間は滅多にないが、それでも一時的に権威がないことを表しているかのように、こうした天気は非常に失望させる影響があった。独裁的ではあるが、太陽は少なくとも一貫していた。イギリスでは、空があなたに涙を流すのに慣れているでしょう、と彼は言った。でもここでは、子供たちが両親の気分を個人的に受け止めて、自分たちが咎められると思うように、私たちはこうしたことを個人的に受け止めるのです。多分太陽の下で暮らしている人々は、自分たちの幸せに責任を取らないということになるのでしょう、と彼は言った。彼の息子によれば、こうした季節はずれの天気は、少なくともサーフィンをする最高の状況をもたらし、それで彼と友達は、自然の力が導くところに行くアザラシの集団のように野心を持たず、荷造りして数日海岸に行くだろう、とエドアルドは言った。私の子供たちは漫画の主人公タンタンのように二次元の世界に住んでいて、その冒険は、固定して、漫画家のペンによって表される世界で起こることで可能になりますが、私にとっては、真の現実は人々と彼らが考えることです。私は優しさだけで子供たちを育てましたが、その結果、彼らは私が彼らの年頃に抱いた不安をまったく持たず、それによって世界が変えられて、小さいものさえ大きなドラマの要素になり、それであらゆるものが常に流動的な状態にあるように思われるアイディアもヴィジョンも持たないのです。彼らにとって世界は固定していて、彼らは経験の一片を喜んで受け取るでしょうが、結局、実際それは不安や心の傷を経験した私自身が受け取るものよりずっと小さい一片でしょう。私は彼らが多分持つよりももっと多くのものを持っています、と彼は微笑みながら言った。でも、彼らにとって、私は苦しんでいる人なのです。彼らはいつも私を幸せにし、くつろがせるためのアドバイスをし、それは良いアドバイスです、と彼は言った。でも、彼らはもし私がそれを受け取ったら、ドラマは終わってしまい、世の中は私にとって興味深くなくなってしまうことに気づかないようです。先日息子と私は政治について話をしていて、チェス盤のどんな動きがその窮地から私たちを抜け出させてくれるかわからないほど、現在の状況では破滅の可能性が本当に私たちに迫っている、と彼は言いました。私は私たちが大人になって、歴史を形作る外の出来事の役割と、今までは子供時代の守られた状態にあった私たちの生活に干渉して変えるそうした出来事に気づく時に、それは私たちの誰もが感じるものだ、と答えました。彼は私をとても驚かせることを言ったのです。それは、破滅は今までに全部人類によってもたらされたと彼は感じ、それが彼の世代は人生の十分な進路を走れないことを意味するのであっても、それが一番良い結果であるだろう、と彼は信じていたのです。将来のことを考える度に、彼の話のこの感覚は幻想に過ぎないことを覚えておかなければならない、と彼の息子は言った。何故なら別の話のために十分なものが残されていないからだった。十分な普通の生活をする時間も、十分な経験も、十分な別の話を作りたいという願望の確実性も。あらゆるものが使いつくされてしまった、と息子は言いました。私が思うに、岸に打ち寄せ続け、私たちがいなくなった時も打ち寄せるだろう波以外は、とエドアルドは付け加えた。

バスは到着していて、代表者の列が開いた扉を通って前に進んでいた。太陽が突然雲の間から出てきて、私たちの顔やタールマック舗装の駐車場やバスのキラキラ光る金属の部分に熱く激しく打ち寄せた。

「あなたは逃げるのでしょう」と彼は当惑かまぶしい光のために目を細めて、言った。「私はあなたがご自分の自由を上手く使えればよいと思います」

パオラが私に会いたいと言ったホテルは、私が来たホテルが荒涼としていたのに対して、派手で豪華だった。広いロビーの壁は黒ずんだ木と革の鏡板が張られていて、神秘的な雰囲気が円柱とほの暗い照明と天井の低くなった部分によって創られていた。フロントの、一列の制服を着た接客係が配置されたくぼんだ広間の非常に大きい黒ずんだ台座は、決定的な印象を与え、そこはまるで小麦がもみ殻から分けられているところのようだ、とパオラが言った。彼女は銀色のチュニックを着て、細い金色のサンダルを履き、革のスツールに腰かけて座っていたが、携帯の画面を素早く叩き、探すような目つきでロビーを見回していたが、彼女の助手、大柄な穏やかな若い女性は、優しい落ち着いた表情で近くのソファに座っていた。ホテルは新しい建物を作るために取り壊された本屋がかつてあった場所に建てられた。本屋とホテルは何の関係もないが、ホテルの関係者は関係があると言うことで客を惹きつけられると思い、文学的な関係を主張した、とパオラは言った。それでも主題は、ホテルのしるし――色あせたインクで書かれた有名な署名のモチーフ――と装飾の簡素な豪華さの中に保持されていたが、図書館の雰囲気を再現するのを急いだために、エレベーターの内側にも使われた使い古された革の本の背の写真から作られた壁紙以外は、彼らはどういう訳か本を置くことを忘れた、と彼女は言った。でも、彼らが文学に対して真剣な態度を取ったことに感謝しなければならない、と彼女は言った。何故ならこの場所は作家たちや彼らの人生をまったく表現していないとしても、そこはインタビューをするのに理想的で、夏には街で一番涼しくて静かな場所の一つだったから。

最初のジャーナリストが今直ぐにでも来るだろう、と彼女は付け加えた。そしてその後、国営テレビの唯一残っている芸術番組のために撮影インタビューが行われるだろう。ほんの少数の作家しかこの番組に出演するように招待されていない、と彼女は続けた。それで、私がその一人であることが彼女は嬉しかった。何故なら本を宣伝販売する機会を得るのはますます難しかったからだった。構成はとてもわかりやすく、番組は昨年放映時間が半分にカットされたので、全体でも多分十五分しかかからないだろう。何故こんなことが起こったかはっきりしないが、文学に関するあらゆることが減少しているように思われ、まるで他のすべてのことが激増し拡大するのに、本の世界はエントロピーの原則で支配されているようだ、と彼女は付け加えた。新聞は今書評の紙面を十年前の半分しか提供せず、書店はずっと閉鎖されていた。電子書籍リーダーの到来とともに、現実に存在するものとしての本がまったく存在しなくなるかもしれないと大惨事を予言する人さえいた。シベリアトラのように、まるで小説が同じようにかつてはすさまじかったが、今は脆く無力であるかのように、私たちはいつも絶滅の恐怖にさらされている、と彼女は言った。あるところのどこかで、私たちは出版したものを宣伝販売するのに失敗したけれど、多分文学の世界で働いている人々が、密かに文学に対する自分たちの興味は弱点で、他の人から自分たちを区別するある種の衰弱だと考えているからかもしれない、と彼女は言った。私たち出版社は誰も本に関心がないという仮定に向かっているのに対して、コーンフレークの製造業者は朝太陽が昇るのを必要としているように世の中はコーンフレークを必要としているとみんなに確信させるのだ、と彼女は言った。

彼女の目はロビーをせわしなく見回していたが、男性が曇りガラスの大きな扉を通ってやって来るのを見て、急に輝いた。彼女はスツールからさっと立ち上がって、彼に会いに行き、一方助手は私にインタビューが始まる前にコーヒーが欲しいかと尋ねた。インタビューの間に多分いくらか自由時間があるだろうが、確かなことはわからない、と彼女は言った。時々インタビューは予定されていたよりもずっと長く続いた。多分作家の中には他の人よりももっと言うことがたくさんある人がいるか、あるいは多分彼らはもっと話すことをただ楽しむのだろう、と彼女は曖昧に言った。私は彼女にどのくらい出版界で働いたのか尋ねると、彼女はこの仕事をほんの数か月しかしていないと言った。その前は、彼女は国営の航空会社で働いていた。この方が良い仕事だ、と彼女は言った。何故なら時間に融通がきき、彼女は子供たちともっと時間を過ごせるからだった。彼女の子供たちはとても幼いが、彼女は会う作家のそれぞれに彼らの本の一冊に子供たちへの献呈の辞を添えて署名してくれるように頼むことを習慣にしていた。彼女はその本を家の特別な棚に置いた。何故なら今は子供たちは幼くて読めないが、将来彼らが自分たちに献呈されたこうした本が並ぶ棚を見るだろうと考えるのが彼女は好きだったたからだった。多分時間があれば、後で私の本の一冊に署名してくれるように私に頼むだろう、と彼女は言った。

ジャーナリストは近くのソファに座って、メモ帳に目を通していた。彼はとても真剣な表情をして、立ち上がって私と握手した。彼は非常に背が高く、まったく禿げていて、厚い縁の眼鏡はとても大きかったので、それは彼の質問者としての役割を拡大すると同時に自分は見られたくないという希望を示しているように思われた。彼の肌は非常に青白く、彼の大きな髪のない頭は、ほの暗い部屋の中で幾分光る超自然的なもののように見えた。助手は彼に水を差しだし、彼はその行為に驚いたかのように眉毛を上げてそれを受け取った。彼の傍のテーブルには本の山があり、ページにはポストイットの付箋が付けられていた。私がこの街で暑すぎると思わなければよい、と彼は言った。彼は同国人のほとんどとは違って、太陽でひどく痛手を被る非常に色白な肌をしているので、一年のこの時期が耐え難かった。彼はイギリスの気候の方が好きだったが、そこでは夏の日さえ優しく撫でる柔らかさがあり、木々は、テニソンから引用すれば、その黒ずんだ腕を芝生に置いたが、もちろんイギリス人たちはここに大挙してやって来て——彼はぽっちゃりした唇でしかめっ面をした——浜辺で横になって肌を焼いた。ＥＵから最近離脱したことを考えると、機転からかあるいは礼儀正しさからか、あるいは単に恥からか、彼らはこの習慣を止めるのではないかと彼は思ったが、そうなる気配はなかった。

「そこで彼らは座って」と彼は腕を組み、こうした侵入者を真似て、挑戦的な脅すような態度で自分の周りを大げさに見回して言った。「保養地や小池に根をはって、自分の母語以外では会話できず、自分たちの無礼な馬鹿馬鹿しさの影響を理解することさえできないのです。大きな赤ん坊のように」と彼は言ったが、彼自身が多少特大の赤ん坊に似ていた。「彼らは誰も彼らを正しく育てる努力をしなかったので、家族全体を狂わせます。ある時、私はイギリスに恋をしました」と彼は普通の態度に戻って付け加えた。「私はその国の詩と皮肉が好きでした――あまり好きだったので、イギリス人に生まれなかったことを呪いました。でも今は」と彼は言った。「イギリス人ではないことは幸運だと感じます」

自己認識の変わっていく見方が、私が少し考えたと思う主題ではないか、と彼は続けた。人は後になって長所であるとわかったことによって自分が不利になったと思ったり、それとは逆に――そして多分もっと普通に――人生がそうではないと教えるまで、自分たちは神のお気に入りだと確信している人々がいるのが実情ではないだろうか？　例えば、彼は良い頭脳はキャッチボールをする特技よりずっと価値があるとわかるまで、運動能力のない学識のある少年として、自分はひどく障害があると思っていた。彼の友達は彼をいつも面白がらせることを言っていた。専門バカは若い時は敗者と見なされ、友達も少ないが、後の人生ではその頭脳のために尊重される、とこの友達は言ったが、この素晴らしい見解——結局力を得るのは学者ぶった笑い者たちであるという——を作家に当てはめた時、読者が自分の本を読んでくれなければ、問題は未解決のままだった。作家は誰かが自分の本を読んでくれることによってだけ力を与えられた。だから多分多くの作家たちは自分の本が映画化されることに夢中になるのだった。何故ならそれは本を読むという骨の折れる部分を省いてくれるからだった。イギリス人の場合、彼らの力は記憶で、それを行使しようとする試みは、ウサギを追っていることを夢見ている犬のように馬鹿げていた。

作家の作品を全部読むのが彼のやり方で、同僚の多くがするように最近のものだけではない、と本の山を私がちらりと見たのを見て、彼は付け加えた。どんなに多くの作家が、まるで本は公の分野に存在せず、彼が何故か彼らを見破ったかのように、このことによって自分の過去の人生が調べられたと感じているように思われることに彼はしばしば驚いた。ある時、作家は数年前に書いた本についてまったく何も思い出すことができなかった。別の女性の作家は彼女の書いた多くの本の一冊——彼女の読者がまだ買って多分読むことのできる本の中の一冊だけ——しか好きでないことを、そして他のものはほとんど価値がないと感じることを認めた。さらに他の作家たちは——これは確かにもっと一般的なのだが——自分の作品をそれが受けた賞や認知によって評価し、その重要性の世間の評価を受け入れたように思われた。ただしその評価が良い場合だけですが、と彼は眼鏡を調整しながら付け加えた。彼を驚かせることは、こうした作家たちは仕事を始める時、何の特別な計画も持たず、他の人々が朝起きて仕事に行くように、本を書くことだった。言い換えれば、それは単に彼らの仕事で、他の仕事と同じように暫定的で、退屈やつまらなさの可能性にさらされた。彼らは他のみんなと同じように漠然と進歩を信じてはいたが、未来が何をもたらすかわからず、同じように自分たちの成功を重視しがちで、自分たちの失敗は他の人々の無知や運命のせいにしたが、運命は同世代のある種の他の人々が先に進む主な手段だ、と彼らは考えた。

「私はこうした発見をしたことでかなり失望したことを認めます」と彼は言った。「何故なら私は文学を敬愛し、巨匠の初期の作品さえ後期の作品の深さや複雑さを欠いていることを認めますが、作家の作品を読んで、彼らが他の人よりもほんのわずかに迷わされず、人生をよろけながら歩いているのを単に見ているると感じるのが私は特に好きではないからです」

彼は挑発的で難しい著作にいつも刺激された、と彼は続けた。何故ならそのことは少なくとも著者が自分を因習から解き放つ知力を持っていることを示すからだったが、彼は極端に否定的な作品では――彼は最近トーマス・ベルンハルトの著作をその例だと考えているのだが――人はそれでも結局は行き詰まってしまった。芸術作品は結局は否定的であり得なかった。何故ならそれらは素晴らしい世界の文学の宝庫に加わるからだった。自滅的な小説は自滅的な人のように、結局は読者はどうしようもなくそこから離れ、光景として眺めざるを得ないもの――そこに介入できないものだった。彼らはそれを読み、その良さを味わうことができたが、そのヴィジョンを自分のものにすることはできなかった。読者は狂った両親に用心する子供のように、用心した。否定的な文学は、恐れを知らない正直さによってその力の多くを得たことに彼は気づいた。生きることに興味がなくそれ故将来に投資しない人は正直であり得る、と彼は言った。そして同じ曖昧な特権は否定的な作家にも広げられた。だが、彼らの正直さは、前にも言ったように、快いものではなかった。ある意味で、それは無駄にすることだった。多分他の人々がしがみついているのに、船を飛び降りる人の正直さを誰も望まなかったから。もちろん本当の正直は、船上に留まって、その真実を語ろうと努力する人のものか、あるいは私たちがそう信じるようにさせられたものだった。もし私が文学はその生命に必要な血を社会的、物質的な構造物から得た形だということに同意するなら、作家はブルジョワの生活に埋もれて、その構造物の中に留まるよりしかない――彼が最近どこかで読んだように――動物の毛のなかのダニのように。

彼は話を中断して、メモ帳で何かを探し、私はページの上にかがんだ髪のない彼の頭の驚くべき青白さと柔らかさを眺めていた。間もなく彼はまた見上げて、眼鏡の大きなレンズで私をじっと見た。彼が私と話し合いたい問題は、船を去る人や留まる人のもの以外の第三の種類の正直さがあると私が思っているかどうかの問題だ、と彼は言った。道徳的な偏見を持たず、正体を暴露することにも改善することにも興味がなく、それ自身の領域を持たず、どちらにも反対せずに冷静に善と悪を説明できて、純粋で水かガラスのように反射する正直さが。ある種のフランスの作家たちがこの問題に興味を持っていた、と彼は言った——ジョルジュ・バタイユが例として心に浮かんだ——だが、彼にとっては、彼らは正直を超道徳的と断定する以上のことはせず、言い換えれば、善と悪を区別せずに、どちらかにも判断を下さなかった。彼の問いはある意味でもっと旧式だった。鏡は善悪の判断をせず、反射するだけである。批評家として、自分は鏡である、と彼は思う。それは高潔なので、鏡は精神的な価値を持ち得るだろうか？　結局、私が悪を主題として取り上げても、鏡は高潔なままだろうか？

公平さのために、彼はこの街では評判の作り手、壊し手として有名であることを私に多分言うべきである、と彼は付け加えた。彼の悪い批評は本の命を奪うことができ、それで彼自身の正直さの結果は多くの敵を持つということで、それは彼自身の本を出版した時――彼はこれまで三冊の詩集を出した――言わばナイフが突き出された。こうした攻撃の結果、彼の作品が認められるのではなく、そうではない風に受け取られた。彼はアメリカのたくさんの大学の特別奨学金やこの国の文学を教える職に応募したが、不成功だった。だが、彼の批評家としての力は弱まらず、どちらかと言うと増していき、国際的な評判を得るまでになった。彼の友達は作家として成功したいなら、他の人々の作品を酷評するのを止めるべきだと忠告したが、それは鳥に飛ぶなと、猫にネズミを捕るな、と言うようなものだった。そしてその上、もし彼が性質の異なる他の動物と同じ動物園に、安全だが自由ではなく暮らしながら書いたら、彼の詩は何の価値があるだろうか？　そして、それは文化が安全と平凡に間違って向かう傾向を正す批評家の道徳的義務を、ディナーの招待では測ることができない責任を口にさえしないことだった。

とりわけ彼が許せないことは、二流のものの、不誠実なものの、無知なものの勝利だった。この勝利が単調に規則正しく起こることは人生の謎の一つで、それと戦うことで、彼は否定の文学を無力にする同じ絶望に屈する危険を冒していることに気づいていた。パリサイ人に時間を使い過ぎて、悪魔それ自身には十分な時間がなかった。これが彼が悪の問題に興味を持つようになったわけだった。彼はまだ二十六歳だった――自分がずっと年上に見えることがわかっていた、と彼は言った。そして彼がまるで彼らの作品が注意深い思考か現実的な能力かあるいは単なる勤勉さの結果ではなく、神聖な霊感かもっと悪いことに想像力の結果であるかのように、包括的な計画を持たないように思われ、今書いている本で何が起こるかわからないと主張する作家たちにそれとなく言及する時、彼は自分自身を表現していなかった。彼は行き先がどこかわからず、あるいは鍵や財布を持たずに家を出ることがないように、それがどこに続くかはっきりとわからずに執筆を始めることはなかった。こうした主張は我々の文化の悩みの種だ、と彼は言った。何故なら他の分野の男性や女性は自己努力と能力を誇りにしているのに、それらはある種の頭の悪さを芸術に着せていたからだった。彼は私の作品からもし私が想像力を持っていても、それを上手く隠しておく良識が私にはあると推定したので、私はこの意見に同意すると思う、と言った。

「そして、もっと良い隠し場所はありません」と彼は言った。「すべての良い嘘つきが知っているもの、真実にできる限り近いところより」

彼は私の肩越しに何かを見上げ、私が向きを変えると、そこに助手が立っているのが見えた。彼女はとても残念だが、今インタビューは割り当てられた時間を終えて、次のインタビューはテレビで、正確な時間調整が必要なので、私たちは話し合いを結論に持っていかなければならない、と言った。ジャーナリストは直ぐに彼女に強く抗議し始め、長いやり取りがそれに続いたが、彼は非常に速く力強く話し、彼女はとてもゆっくりと答え、同じ言葉を繰り返し、同情して残念そうに頷いていたが、結局彼は怒って本やメモ帳を書類鞄に詰め始めた。彼女は私をエレベーターの方に連れて行った時に、航空会社での訓練が思っていた以上に何度もこの仕事で役立った、と言った。彼女はこのジャーナリストは扱いにくい客の一人であることを認めなければならなかったが、彼は質問をするまでに非常に時間を取り、質問した時には自分がその最上の答えを持っていることに気づくので、彼のインタビューはほとんどいつも同じ議論で終わった。彼女は穏やかに目をぐるぐるさせて、エレベーターを呼ぶためにボタンを押した。実際、彼女は彼と同じ学校に行き、家族の行事で彼によく会ったが、仕事で会う時はいつも、彼は彼女を知らない振りをした。彼は家庭では礼儀正しく良い人で、祖母たちに話しかける唯一の人だったが、彼女たちは続けて何時間も彼の話を聞くだろう、と彼女は物悲しそうに言った。

ホテルは地下に臨時のスタジオを作ることを許可した、とエレベーターが下りていく時に彼女は言った。そしてそれは普通の撮影現場のように本格的ではないが、錯覚は実際まったくもっともらしかった。私たちは数人の人々がたくさんのカメラ設備の中でワイヤーや照明を夢中で調整している大きくて天井の低い空間に出た。ずっと離れた隅に、むきだしのコンクリートの壁と荷造り用の箱で囲まれて、部屋の小さい部分が再現されていて、高い本棚と絵画と使い古されたペルシャ絨毯があり、その上に二つの古風な椅子が話をする角度で置かれていた。幾つかのとても明るい光がそこに向けられていたので、それは黄金の本の並んだ島のように見え、その海岸の向こうの煉獄のような薄暗がりの中で男たちが働いていた。カメラのために念入りに化粧した大きい青白い顔の女性が、私たちに近づいて来て、手を差し出した。彼女はボタンの付いた長い袖で、つまった襟のブラウスを着て、長い薄い金色の髪は、後ろに引き寄せられてポニーテールになっていて、本が並んだ島を自分の家とする勉強好きな王女のように見えた。彼女がインタビューを行い、男たちが音響設備の小さい問題を処理したら、直ぐに私たちは始められるだろう、と英語で言った。彼女は向きを変えて、助手に何か話し、二人はしばらくの間あれこれ話し、時には笑い、お互いに手を腕に置いたが、男たちは静かに熱中して設備のところで働き、垂れた長いワイヤーを差し込んだり抜いたりし、床の上に開いて置かれている大きなカメラのケースの中をかき回して探していた。間もなくインタビュアーは、彼らが私たちに席に着いて欲しいと思っていることを示したので、私たちは行って、本棚に囲まれた古風な椅子に座り、そこでは明るい照明がその周りのあらゆるものを薄暗くしたので、カメラマンたちは暗い影の中を動いている不鮮明な人影になった。明らかにディレクターである男性が照明の端に立って、インタビュアーに指示を出し、彼女はゆっくりと頷いて、化粧した目の端で私を見て、共謀するような微笑みを私に向けた。

技術者たちは音のレベルを調整し、何が問題であるかわかるように、私たちに話して欲しいと言っている、と彼女は私に言った。彼らは私たちが今日朝食に何を食べたか話すように言ったが、多分話し合うのにもっと面白いことがあるだろう、と彼女は言った。彼女は私たちの会話で女性の作家と芸術家の評価の問題に焦点を合わせたいと思っていた。多分私にはこの話題について彼女と共有できる意見があるだろうから、彼女はインタビューで正しい質問を確実にすることができるようにしたかった。この話題は多分私にとっては新しいものではないだろうが、家庭や職場につきまとう不平等が芸術として示されるものを決定するとは視聴者は思わないだろうから、そのことを扱わない理由がない、と彼女は思った。そしてもちろん、少数の卓越した女性しか本当に評価されないか、あるいは少なくとも彼女たちが年取るか醜いか亡くなったために、もはや公共の危険ではないと判断されるまで評価されないことは真実である、と彼女は付け加えた。例えば、芸術家のルイーズ・ブルジョワは晩年突然人気者になり、やっと押し入れから出て見られることを許されたが、一方男性の彼女に似た人々はずっと公の舞台にいて、気取った自滅的な行為で人々を楽しませた。だが、ルイーズ・ブルジョワの作品を見ると、それは女性の体の個人的な歴史、その抑圧と搾取と変形、形としての順応性と他の形を創るその能力を扱っていることがわかった。ブルジョワの才能は彼女の経験の匿名性に依存する。言い換えれば、もし彼女が若い芸術家として認められたのなら、女性としての不名誉な人生の謎を強調する理由はなかったかもしれず、代わりに他の人たちと一緒にパーティーで楽しみ、雑誌の表紙のためにポーズを取っていたかもしれないと考えてみたくなる、と彼女は言った。ブルジョワが小さい子供の母親だった時に作成した作品が幾つかあるが、その中で彼女は自分をクモとして表現していて、こうした作品について興味深いことは、ただ母親の状況がどんなものかを伝えているだけでなく――男性が永続的に描く満足したマドンナの像とははっきりと対照的に――それらはまた子供の手によって描かれた子供の絵のように見えるという事実である。芸術家は姿を消して、彼女の子供が認識する優しい怪物としてのみ存在するこうした絵よりもっとよく女性が見えないことを表す例はないと考えるのは難しい、と彼女は言った。たくさんの女性の芸術家は多かれ少なかれ自分が女性であることを無視してきた、と彼女は言った。そして、こうした女性たちは、そうした方が認められやすいと思ったと主張できるかもしれない。多分それは彼女たちが男性の知識人が不快だと思うものを覆い隠すものを描くか、あるいは単に彼女たちは自分の生物学的な運命に従わないことを選び、それ故自分の仕事に集中する時間をもっと多く持ったためだろう。才能のある女性は女性的な主題に運命づけられるのを嫌い、違った条件で世の中とかかわることで自由を求めるのは理解できる、と彼女は言った。だが、ブルジョワのクモの像は、こうした主題から逃げて、他の私たちを言わば私たちのクモの巣から抜け出せないままにしておく女性を非難しているように思われる、と彼女は言った。

彼女は一瞬話を中断してカメラのライトの方を不安そうに見たが、その向こうで、男たちが腕にケーブル線を抱え、集まって相談していた。ディレクターは頭を振り、彼女は完璧に描かれた眉毛を上げ、ゆっくりと視線を私に戻した。

少女の頃、私は自分が生き始める前にさえあることが決められていて、私の兄弟は勝ち札が与えられているのに、自分にはすでに負け札が配られていることに気づいたことを覚えています。私の友達がすべてそうするように、この不公平を正常であるかのように扱うのは間違いだろう、と私は思いました。そして、この状況に打ち勝つのはそれほど難しいことではありませんでした、と彼女は言った。何故ならすべての札を渡された少年は、多分ほんの少し満足しきって、また脚の間にあるものという形の大きな疑問符を持っていて、それをどうするかを自分で解決しなければならなかったからです。こうした少年たちは、女性に対して非常に馬鹿げた態度を取り、それを彼らは親が与えた手本から学ぶことで忙しかったのです。そして、私は女性の友達が自分たちをできる限り完璧で不快感を与えないようにすることによって、こうした態度から自分たちを守るやり方を見ました。でも、自分たちを守らない人たちも同様に良くはありませんでした。何故なら完璧の基準に順応しようとしないことによって、ある意味で、自分たちを失格者とし、この問題から自分たちを遠ざけていたからでした。でも実際、私は直ぐに平均的な才能と平均的な知性を持つ平均的な白人の男性より悪いものはないことがわかるようになったのでした。非常に虐げられた主婦でさえ彼よりも人生のドラマと詩に近いのです。何故ならルイーズ・ブルジョワが私たちに示したように、彼女は少なくとも一つ以上の見方を持つことができるからです。何人かの少女は学業で成功して専門職を得る野心をはぐくむのは本当で、人々は平均的な少年を気の毒に思い、彼らの感情が傷つけられているのではないかと心配するほどでした。でも、少し先を見ると、少女たちの野心は、政府にそれを作り終えるお金がなくなったために、この国でよく見かける新しく広く平滑に始まったが、それから名もない場所の真ん中で止まってしまった道のように、どこにも至らなかったのです、と彼女は言った。

彼女は話をまた中断して、ディレクターの方をちらりと見ると、彼は彼女に反対して、話し続けるように身振りで示した。彼女は真っすぐな淡い黄色の髪の房を耳の後ろに押し込み、それから膝の上で手を組んだ。

その頃、と彼女は言った。私は文学と美術の世界を見つけ、そこで私の必要とする多くの情報を、母が多分私が無知で無傷で難関を切り抜けて欲しいと思い、また、もし私に危険を知らせたら驚いて誤りを犯すかもしれないと思って私に伝えなかった情報を見つけました。私は一生懸命勉強して、必ず最高の結果を達成するようにしました、と彼女は言った。でも、私がどんなに一生懸命勉強しても、いつも私と同じレベルの少年がいて、彼は息切れしておらず、物事を難なく処理しているように見えました。それで、私は無頓着に芸術を追求し、実際よりもよく準備していないような印象を与え、ある日この印象が現実になったことに、幾つかのことを運に任せ、補助輪が自転車から外れて、自転車が初めて支えられずに動くのを見た時に子供がするように、自信を飛躍させることにより、さらに多くのことを達成したことに気づきました。私はまた男性の注目を楽しみましたが、決して誰か一人の人に深くかかわらないように、あるいはお返しに深いかかわりを求めないようにしました。何故ならそれは罠で、そこに落ちずに関係の恩恵を楽しむことができることがわかったからでした。ある時点で、私は必ずしも通常のやり方で妥協せずに子供を持てるとさえ思いました、と彼女は言った。でも、多くの友達は子供を持ち、他のことはほとんど話さなかったけれど、私は本当は子供が欲しくなかったのでした、と彼女は言った。何故なら非常に多くの子供たちがいて、もし私が子供を持たずに何とかやっていけるなら、少なくとも試してみるべきであるように思われたからでした。娘が私のために競争に勝って欲しいと思って、バトンを次の走者に渡すだけでは十分ではないように思われました、と彼女は言った。

私のする仕事は、と彼女は澄んだアーモンドの形の薄い青い目でずっと私を見ながら言った。多くの点で表面的です。というのもそれは見られることを必要としているからで、私が仕事を与えられる理由の一つは、自分の容姿を巧みに扱う私の能力です。テレビに私のような男性がいますが、彼は魅力的に見える必要はありませんが、私は不平等のこの例には少しも興味がありません。私が興味があるのは力です、と彼女は言った。そして、美の力は女性がとてもよく見くびるか誤用する有益な武器です。私の経歴は文学よりも視覚的な芸術です、と彼女は言った。何故ならそこで力関係が決められ、人生の戦いが主に戦われるところだからで、また男性の優勢の特質が最もさらけ出されるところでもあるからです、と彼女は言った。しばらくの間、私は大学で美術の学生のためにモデルをしました、と彼女は言った。それは一つにはお金のためであり、また一つには女性の体という問題を公にするためでした。何故なら自分に服を着せることによってさえ、私は謎を服の下に根付かせ、後で自分が閉じ込められるかもしれない服従の巣を張るのを促しているように思われたからでした。私自身は美術の歴史を取り、論文のためにイギリスの画家ジョアン・アードレーの作品を学びましたが、彼女の立場は女性の権威の悲劇の例のように思われました。でも、ルイーズ・ブルジョワや詩人のシルヴィア・プラスの立場とは非常に違っていました。プラスは今でも生物学的な運命に従ったために払った代償を私たちに警告しています。ジョアン・アードレーはスコットランドの沿岸から離れた小さい島に身を隠し、そこで自然の、断崖の残忍さや荒れた海や空を描き、まるで世界の縁を突き止めようとするかのように、言葉に表わせないような激しさと荒れ狂った状態の端に立っているようにいつも思われます、と彼女は言った。ジョアン・アードレーはまたグラスゴーの街で時を過ごし、そこで路上生活をする子供たちを描きましたが、彼らの貧しさと気の滅入るような明るさを彼女は感情を込めずに見ることができませんでした。彼女は彼らを執拗に描き、ドガが彼の描くバレエ・ダンサーの世界を足しげく訪れたように、彼女もまた彼らの生活にかかわったようですが、違いは、ジョアン・アードレーは男性ではなかったので、彼女の描く像は普通で妥当というよりも、心を乱し、奇妙に見えます、と彼女は言った。彼女はまたグラスゴーのスラム街を訪れて、ある種の男たち、通りや下宿屋で出会った人々を描き、こうした題材を有名な男性の画家の何人かがしたように扱いました。ベッドで寝ている裸の男性のアードレーの絵があります、と彼女は言った。彼は横になっていて、灰色で痩せて栄養不良な体が、これもまたどうしようもないほど灰色の部屋の中に表されていて、ベッドは棺のように狭くて侘しいものです。この絵は私が見た女性によって描かれた他のどれとも違っています、と彼女は言った。それは一つには荒涼とした人生の眺めを描くその大きさのためでしょう。それで、それは男性が女性を同じポーズで描く歴史の誤りを証明することにほとんど成功しています。眠っているその体の哀感、期待や可能性の欠如はまったく衝撃的で、この男性と実際数年前に世の中が知るようになった強制収容所の犠牲者たちの類似のために、スキャンダルを起こしました。でも、そのスキャンダルにもかかわらず――不思議なことに、と彼女は言った。アードレーの戸口に数人の男が現れて、自分たちを次の裸のモデルに提供するという結果になったのです。アードレーの作品は認められず、彼女の人生は、私が確かめられる限りでは、セックスがなく、もちろん子供もなく、孤独で、四十二歳で、ひどく苦しい病で終わったのでした。それは幻想のない人生でした、と彼女は言った。そして、女性が幻想を抱かずに生きることは、今でも不可能なように私には思われます。何故なら世の中はただ彼女を消滅させてしまうでしょうから。

私自身の場合は、と彼女は言った。私はこうした不正の幾つかを多分正すことができ、私が面白いと思う女性の作品を奨励することによってある程度この議論の条件を調整できる立場を占めるために戦ってきました。でもだんだん、と彼女は言った。この立場は、私が上げ潮になれば急にさらにもっと小さくなる海の中の小さな岩の上に立っているように感じさせるのです。領地が示されていないので、私が一歩進むと、それでもまだ乾いた陸地にいられる場所はありません、と彼女は言った。女性が領地を持つには、進んで男性の領地に居座り、そこの条件で留まるのでなければ、ブルジョワのクモのように生きなければならないのがまだ多分実情でしょう。まだ二つの役割しかありません、と彼女は言った。モデルの役割と画家の役割のどちらかです、と彼女が言った時に、薄暗がりの中で動いていた男たちが互いに頭を振り始め、ディレクターは絶望したように両手を高く上げた。その仕事が自身のジェンダーを反映しない知識人や哲学者は、多くの女性の芸術家はこの考えに反論するだろう、と思います。今日多くの女性の芸術家は、男性の芸術家が自分たちをどう考えるか気にしません。ディレクターが彼女に話している間、彼女は頭を傾げ、それからほっそりとした優雅な眉毛を非難するように上げて、私の方に向いた。

「こうした男たちが一緒になって問題を解決できないのは異常ですが、彼らは装備を直すためにスタジオに戻さなければならないと言っています」と彼女は言った。「とても残念です」と彼女は椅子から立ち上がりながら言って、マイクのコードを服から取り外し始めた。「そして、私たちの会話の話題を考えると、ちょっとした皮肉以上です」

三番目のインタビューが最後で、他の二つよりももっと上手くいけばよい、と上に戻る途中で助手が言った。その後パオラが昼食のためにレストランを予約しておいたと思うので、上手くいけば私は会議に戻る前にくつろぐ機会を持てるだろう、と彼女は言った。私たちはロビーに出て来て、そこではパオラがスツールに座って、携帯電話で話をしていた。彼女は手を振り、目をぐるぐるさせ、助手は私を最初のインタビューが行われたソファのところに連れ戻し、そこで男性が待っていたが、近づくと、彼は非常に若いことがわかった。彼は自分の席の端にそっと座り、白いTシャツと色あせたジーンズを身に着け、野球帽を手からだらりとぶら下げていて、顔には少し心配そうな無邪気な表情が浮かび、宗教画の若い聖人の顔のようだった。彼はさっと立ち上がり、私と握手し、それから私が座るのを礼儀正しく待って、自分の席に戻った。彼の茶色い髪は巻き毛となって誠実でほとんど女性のような顔の周りに垂れ、濃い茶色い目は子供のように真剣に私の目を見つめていた。

「私はあなたが太陽の下で暮らすのはどういうものか、考えたことがあるかどうか、と思います」と彼は言った。「私はその考えをあなたの本から得ました」と彼は付け加えた。「登場人物の一人が、どんな風に彼の一生を雨と寒さの中で暮らし、太陽の下にいることがどんなに彼の性格を変えたかについて語ります。それはあなたについても同じなのだろうか、と私は思いました」

太陽の下で暮らすことは私がしようとしていることではないので、多分考えてみる価値はないだろう、と私は言った。

「でも、何故ですか?」と彼が言った。

私たちは座ってお互いを見た。

「私はそのことについて考えてみました」と彼は言った。「そして、それはあなたがする正しいことだろうと思いました」

私はどこに住むべきだと思うのか、と彼に尋ねた。

「ここです」と彼は率直に言った。「あなたはとても幸せでしょう。誰もあなたを煩わせないでしょう。人々はあなたにとても親切にするでしょう。あなたは言葉を学ぶ必要さえないのです」と彼は言った。「何故なら誰もが英語を話すことができて、物事はそんな風であることを受け入れているからです。私たちはあなたのお世話をするでしょう」と彼は言った。「そしてあらゆることが容易いでしょう。あなたは海の傍の沿岸にコテージを見つけることができるでしょう。あなたは暖かくて、肌は茶色になるでしょう。私はそのことを考えてみました」と彼は繰り返した。「そして、不都合なことは何もありません」

ロビーの薄暗い遠いところで、見えるけれども埋めることのできない距離をおいて、人々が立ったり座ったり動き回ったりしていたが、それはまるで彼らが水の下にいるかのようだった。絶えず低い囁き声が聞こえたが、個々の言葉は聞き分けられなかった。時々集団が立ち去り、別の集団がとって代わり、人々がスーツケースを持って曇りガラスの扉を出たり入ったりする時、外の暑く明るく動きのない通りの驚くべき現実が瞬間的に見えた。

私は個人の性質が状況を創るので、人々がどこにあるいはどのように暮らすかは重要かどうかわからない、と言った。環境を変えることによって運命を書き換えるのは危険な推定だ、と私は言った。それが意志に反して人々に起こった時、知っている世界の喪失——その特徴が何であれ——は壊滅的だった。私の息子はもっと若かった頃、ある一定の期間たくさんの時間を一緒に過ごした友達の家族のような違った家族の一員になりたいととても思ったことをかつて認めた、と私は言った。この家族は大きくて、うるさく、のんきで、テーブルにはいつも私の息子のための場所があり、そこでたくさんの慰めとなる食事が提供され、そこであらゆることが話し合われたが、何も検討されなかったので、彼の言葉を借りれば、鏡を通って人間の作り事の信用性を失う苦しい自己認識の状態に入る危険性はなかった。

それは私たちの家族が無理に押し込まれたと彼が感じる状態だった、と私は言った。そしてしばらくの間、彼はこうした作り事にしがみつくためにできることは何でもして、そうしたものが表すものはもうそこにはなかったが、昔の日課や習慣を止めようとしなかった。結局、彼は諦めてだんだん家にいなくなり始め、前にも言ったようにすべての時間をこの他の家族と過ごすようになり、家で食事をすることを拒否した。何故ならテーブルに向かって座ることさえ寂しさと失われてしまったものに対する怒りで彼を圧倒すると感じたからだった、と後になって彼は認めた。だが後になると、彼はもうこの他の家族の家にあまり行かなくなる時が来て、向こうの両親は彼が元気かと尋ね、家族の行事に彼を招待し始めたので、彼はあまり行かなくなったことで、彼らの心を乱すか、傷つけたのではないかと心配した。彼はもうそこには行きたくないというのが真実だった。何故なら一、二年前に彼が温かく慰めになると思った同じことが、今は重苦しくうっとうしかったからだった。食事時は、両親が子供たちを自分たちに縛り付け、家族の神話を永続させようとするくびきであることが今彼はわかった。友達のあらゆる瞬間は両親の監視の支配下にあり、彼の選択や態度は両親の判断の支配下にあって、この最後の要素——判断——は息子が特にとても嫌だと思い、彼もまたその支配下に置かれるのではないかと思って、それが彼を彼らの家から遠ざけたのだった。戻って来るようにという彼らの招待の中に、そこでの彼の存在の歴史は彼が思っていたように一方的ではなかったことを見始めた。彼らが与えてくれる慰めを必要としていたために、彼は彼らも自分たち家族の幸せの目撃者として——そして多分証拠として——彼を必要としていたことがわからなかったのだった。彼は彼らが自分の不幸の光景を楽しんでいたのではないかと思いさえした。何故ならそれは彼らの暮らし方の優越を肯定するからだった。でも結局、彼はこの辛辣な見方を止めて、また彼らの招待を受け始めたが、いつもではなく、礼儀正しくするのに十分なほどの回数で受けた。彼は彼らの快適さを受けることで、彼らに対して責任を創ったことに気づいた。そして、この認識が彼に自由の本当の特質について考えさせた、と私は言った。彼は自分の苦しみを避けるか軽減したいという願望のために、自分の自由をいくらか失ったことに気づいた。そして、それは完全に不公平な交換のようには思われなかったが、彼はまたそう簡単にはしないだろう、と私は思った。

ジャーナリストはこうしたことすべてを顔に忍耐強い、無邪気な表情を浮かべて聞いていた。

「でもどうして人に頼るのがそんなに悪いのですか?」と彼は言った。「誰もが残酷なわけではありません。多分」と彼は言った。「ただあなた方は運が悪かったのでしょう」

彼の言葉の中に、と私は言った。わかりやすく説明するのは難しいが、故郷にいる時でさえ感じるホームシックの感情、言い換えるなら原因のない悲しみと要約できる語があった。多分この感情にかられて、それを治す故郷を求めて、人々はかつて世界を放浪したのだろう。故郷を見つけることが探求の終わりであるのが実情かもしれない、と私は言った。でも、本当の親しい関係が生じて、こうした人々は永遠で安定した住むところを見つけても、追放されたという感覚を持ち、本当の故郷を恋しく思う。苦しみがどんなものであれ、と私は言った。その特質はコンパスの特質で、このようなコンパスを持った人は、状況が反対のことを示しても、コンパスを信頼して、それが行くように告げたところに行く。このような人はたとえ安定した住むところを得ても、平静を獲得することができない、と私は言った。そして、その人は他の人の平静さに驚くか、それを理解できずに生涯を送るかもしれなかった。そして、多分その人が望める最上のことは、依存症の人々が衝動から自由になれなくても、それに従わずにそれと並んで生きるように、平静を上手く真似ることである。このような人が我慢できないことは、と私は言った。自分の経験が普遍的な状況から起こったのではなく、特別なあるいは例外的な状況のせいであり、その人が真実として扱っているものは、実際は個人的な運命に過ぎないという考えである。同じように依存症の人々は依存の前の生活がどのようなものであったか再び見つけることはできない。何故なら衝動に従って行動しなくても、彼らはいつも依存者だからである。そして、かつてのようになれないと指摘されることに耐えられない。

「彼は今どこにいるのですか」とジャーナリストは言った。「あなたが話した息子さんは?」

彼はしばらくの間父親のところに行って暮らすことを選び、彼がいなくて幸せだとは言えないが、私は彼が探しているものを見つけて欲しいと思う、と言った。

「でも、何故あなたは彼を行かせたのですか?」と彼は言った。

「子供たちに自由を与えたのなら」と私は言った。「その条件を指示することはできませんでした」

彼は悲しそうに受け入れて、頷いた。

「それでも」と彼は言った。「ある時点で、あなたは雨の中か太陽の中で暮らすか自由に選べるでしょう。私たちはあなたを大事にするでしょう」と彼は繰り返した。「もしあなたが誰にも会いたくなければ、会う必要はありません。でも、ここの人々はあなたを正しく理解するでしょう。あなた方は運が悪かったのだと私はまだ思います」と彼は言った。「そして、もしあなたがこの国に住んでいたら、あなたの経験も違っていたでしょう。あなたの本の登場人物は」と彼は言った。「ずっと内部にあった湿り気が乾き始め、それがもう一度生きる機会かもしれないことに気づきます。でも、彼はできません。何故なら彼は故郷に家族がいて、子供たちはまだ幼いからです。そしてその上、彼の国民性はそこから自分の成功が生じると思う性格の一部なのです。もし彼にそれがなかったら、他のみんなと同じで、同じ条件で彼らと競争しなければならず、心の中では勝つ才能がないことがわかっています。でも、あなたは」と彼は私に言った。「どこにも属していないので、選ぶところにはどこにでも自由に行かれるのです」

助手がおずおずと近づいて来て、インタビューが終わり、パオラと私はレストランに行く時間だと言った。また、彼女は前にも言ったように、彼女の子供たちのために私の本の二冊に署名するのはひどく面倒だろうか、と言った。彼女はスーパーマーケットのバッグから本を取り出して、その上にペンを注意深く置いて、私に差し出した。私は本に署名し、助手は子供たちの名前を細かく説明した。三番目のインタビュアーは去るために立ち上がり、まだスツールに座って、携帯電話で話していたパオラは、携帯を指さし、それから空に指を上げた。その後間もなく、彼女は携帯をバッグに投げ入れて、スツールから素早く立ち上がり、私たちのところに来た。助手は彼女に午前中の催しについて話し、彼女は聞いていたが、またバッグから携帯を取り出して画面に素早く何かを入力した。それから彼女は時計を見て私の方を向いた。街の古い地域のレストランを予約した、と彼女は言った。私がその方がよければ、タクシーで行けるし、暑さが気にならないのなら、時間は十分にあるので歩くこともできる、と彼女は言った。

「歩くことは良いことでしょう、違うかしら?」と小さなボタンのような目を期待で輝かせて、彼女は言った。

ロビーの涼しさとほの暗さの後では、外の歩道の暑さは瞬間的に衝撃的だった。空の凄まじい青さの下の乾いた振動するような大気に青白い埃が漂っていた。長方形の建物の陰の道に立って、煙草を吸ったり、話したりしている会社員のグループ以外は、通りは人気がなかった。一匹か二匹の猫が駐車した車の下の暗い空間に体を伸ばして横たわっていた。遠くの車や近くのどこかの建築現場の機械の音が背後に絶えず聞こえていた。私たちは歩道に沿って出発し、パオラは小柄で細い金色のサンダルを履いていたが、驚くほど速く歩いた。彼女は五十代だったが、輝く目をした彼女のこぎれいで、いたずらっぽい顔は、ほとんど子供のようだった。彼女の服は軽い、流れるような素材で作られていて、それを着て彼女の小さいがっしりとした精力的な体は大股で自由に歩き、彼女は腕を振って、彼女の美しい茶色い髪は後ろになびいた。

「私はよく歩くのよ」と彼女は言った。「ここでは私はどこにでも歩いて行くわ。私は自由なのに人々が車の中に閉じ込められているのを見るのは」と彼女は言った。「とても楽しいの」首都は地形の険しさで有名だった。「私は上っているか下っている」と彼女は言った。「中間はないわ」

彼女は以前車を持っていたが、滅多に乗らないので、どこに最後に駐車したかいつも忘れていた。それから車が必要なある日、誰かがそれに衝突していたことがわかった。

「私は多分唯一の人でしょう」と彼女は言った。「そこに座りさえせずに車を修理不可能なほど壊すことができた。それは完全に壊れていたわ」と彼女は言った。「それで、私はそれをそのままにして、立ち去ったの」

私が住んでいる郊外はここから遠く離れているように思われる、と彼女は言った。でも実際は、どちらの方に行くかわかっていれば、歩いて三十分しかかからなかった。もっと遠いように思われるのは道路網の異常さと公共交通がないためだった。でも、そこでは非常に孤立しているように感じられたので、彼女は何年にもわたってたくさんの話を聞いてきた——そのいくつかはとても面白かった——姿をくらまそうとしたか逃げようとした作家たちの話を。

「でも実際は」と彼女は言った。「最初からからずっと文明に近いのよ」

多くの人々は、ここにずっと住んでいる人でさえ街の暑さに体力を奪われたが、彼女はエネルギーを保持して、コントロールできない力と戦ってそれを無駄にしないこつを学んだ、と彼女は付け加えた。例えば、息子が幼かった頃、彼女は朝早く起きたので、彼は台所できちんと服を着て朝食の準備をして、その日を始める準備ができた彼女の姿をいつも見るのだった。彼女は息子を託児所に連れて行き、その間ずっと快活に話をして、彼を車から降ろすと直ぐに家に帰り、また服をすべて脱いで、直ぐにベッドに戻って寝るのだった。彼女が驚くほどよく歩くのは、瞬きをするのにエネルギーを使わない爬虫類の動物のように、しばしば一度に何時間も動かないままの時期によって相殺された、と彼女は言った。彼女はこの国の遠く離れた北部で子供時代を過ごしてから、ここに三十五年間住んでいる、と私の質問に答えて言った。

「そこでは」と彼女は言った。「あらゆるものが水なの。空はいつも重く垂れこめて、川は満ちて、あらゆるところで、ぽたぽた垂れたり、ちょろちょろ流れたり、激しく流れる音がするので、そこではほとんど催眠術にかけられたようになるのよ」

最近母親が病気になったので、彼女は故郷に戻って数週間を過ごした。

「また湿った環境に自分がいることは奇妙だったわ」と彼女は言った。「雨が降り、川が下へ海の方に勢いよく流れる音がして、あらゆるところに、湿った草と滴る木々があった。しばらくして、私はまったく忘れていたことを思い出し始めた」と彼女は言った。「大人としての私の全人生が夢であるかのように感じ始めるほど。私は自分が消えていくようにほとんど感じたわ」と彼女は言った。「まるでその場所がただ私をそこに連れ戻せるかのように。私はある日川の傍に座って本を読んでいた」と彼女は言った。「十二か十三歳の少女の頃、まさにそうしていたように。そしてまったく同じ場所に私は連れ戻されたので、それ以来私がしたことはすべて突然まったく疑わしいように思われたの」

後で街に戻って、彼女は近づいてくる歓喜の状態で数週間を過ごし、足の下に温かい石のよく知っている感覚を十分に感じられずに、あらゆるところを歩いた。

「二回目のハネムーンを過ごす夫婦のように」と彼女は言った。「ただし、私の実際の結婚とは違って、この歩くことは続いているわ。また、それは健康のために良いのよ」

運よく、彼女の前の夫はヨットの競争をして、頻繁に海辺にいるので、街ではほとんど時間を使わなかった。

「私は彼をバカニーア（16―17世紀にスペイン船や植民地を荒らした海賊）と呼んでいるわ」と彼女は言った。「彼が私を探しに車で街に来る時には、私は見つけるのが難しいように念をいれるわ」

彼女は夫との間に子供が一人、十四歳の少年がいた。彼らはその子が生まれる前にすでに別れていた。

「実際、彼は私が妊娠していることさえ知らなかったわ」と彼女は言った。「私はそのことをできる限り隠していたから。そうしなければ彼から離れられないことがわかっていたからよ。そして彼がそのことを知った時、私は実際隠れなければならなかった。何故なら彼は私を殺そうとしたことは確かだから。利己的だったことは認めるわ」と彼女は言った。「私がしたように計画的に妊娠することは。でも、私は四十歳で、それは本当に最後のチャンスだったのよ」

彼女の息子にとって、父親はどんな人か知るのは難しかった。父親の長い不在と劇的な存在は非常に混乱させるもので、彼の生き方は残酷でもあり魅力的でもあったが、一方パオラの存在は必要に迫られて家庭的な日課のあらゆるありふれたことを含んでいた。父親はたくさんのガールフレンドを持ち、そのすべてが若くて美しかったが、一方私は年を取ってきて、もうほとんど女性のように見えないの、とパオラは言った。

「私はもう男を持つことに興味がないわ」と彼女は言った。「私の体はプライバシーを求めている。まるで外見を損なう傷跡で覆われているかのように、それはゆったりした服の下に隠れているのが好きなの。それはロマンティックな愛に対する私の終生の思いをとうとう追い払ってしまった」と彼女は言った。「何故なら五十歳でも私はどういうわけか本当の友を見つけることを考えていた。まるで彼は現れずに、小説が終わる前に突き止めなければならない小説のヒーローのように。でも、私の体はもっとよく知っていた」と彼女は言った。「そして、それはそのままに放っておかれることを要求しているのよ」

私たちは狭い路地に沿って下り坂を歩いたが、今は時々噴水や教会のある感じの良い広場をちらりと見て、木々が並んだ広い通りを進んでいた。ここは街のとても古い地域なの、とパオラが言った。ここはほんの十年前は不潔で放置され活気がなかったが、今はお金が使われて、人気のある地域になっていて、新しい店やレストランが開店し、企業さえここに移ってき始めた。店は世界中の街の中心で見るものと同じ店で、レストランやバーは必然的に他のどことも同じように観光客向けになっていた。それで、この再生は少し死の仮面のように見え始めている、と彼女は言った。ヨーロッパは死につつある、と彼女は言った。何故ならそれが死ぬ時に個々の部分は取って代わられるので、何が偽で何が本当かますますわかりにくくなっているからだった。それで、すべてのものがなくなってしまうまで気がつかないかもしれなかった。

彼女は時計を見て、レストランに行く前にまだ時間があり、もしよければ、そこからそう遠くないところに私が興味を持つかもしれないと思う場所がある、と言った。私たちは前よりもさらに活発な速度でまた出発し、パオラのきれいな長い髪が後ろになびき、彼女の銀色のチュニックがはためき、渦巻いた。

「私たちが見ようとするところは少し不思議よ」と彼女は歩きながら言った。「私はそれを数年前に偶然見つけたの。私は近くを通っていて、サンダルの紐が切れたので、どこか座って直す場所が必要だった。私は教会が開いているのを見て、何も考えずに中に入り、ショックを受けたの」

およそ五十年前に、と彼女は言った。ある夜教会はひどい火事で破壊され、火事は非常に激しかったので、敷石は持ち上がり、鉛の窓枠は溶け去り、消防士が二人火を消していて命を失った。だが、教会を復元するのではなく、建物の構造的な側面だけを修理する決断がされ、外観が極端に心を乱し、その外観が示す激しい出来事にもかかわらず、そこはそれまでどおり礼拝の通常の場所として使われることになった。

「中は完全に黒いのよ」と彼女は言った。「そして壁や天井は、石の層が広がる洞窟の内部のように歪んでいて、火事はそこにあった絵画や像をすべてなめつくしたけれど、あらゆるところに、そこにぼんやりと像を見ることができる古さびを残したの。いたるところに、こうした溶けた蝋のような奇妙な不完全な形があり、それから他の場所には、石造物が熱で二つに裂けたはぎ取られたところと何もない台座と、ものがなくなっている小部屋があり、すべてのものの質感がひどく影響を受けているので、もう人が作ったものではなく、まるで火事というひどい手段が自然の形に変えてしまったようなの。私は何故だかわからないけれど」と彼女は言った。「でも、その光景は非常に感動的だと思う。それがその本当の状態のままにしておかれるという事実は」と彼女は言った。「その周りの他のあらゆるものが取って代わられ、きれいにされている時に、まったくは理解できないし、はっきりと述べられない意味を持っている。それでも、人々はそこに行き続け、あらゆることが正常であるかのように行動しているわ。最初私は誰かがひどい間違いをしたと思った」と彼女は言った。「まるで誰も何が起こったか気づかないように、それをそのままにしておく時に。そして人々が内部で祈ったり、ミサを聞いたりしているのを見て、どういう訳か彼らは気づいていないということもあり得る、と私は思った。そして、それはとてもひどいように思われたので、私はそこにいるみんなに叫んで、黒い壁や空所を無理にでも見せたかった。でも、それから私は」と彼女は言った。「明らかに以前像があった特定の場所には、何もない空間を照らす新しい照明が設置されていることに気づいたの。こうした照明には」と彼女は言った。「何もない空間に、像があれば見えるものよりもっと多くのものを見させる奇妙な効果があった。そして、それで」と彼女は言った。「この光景はひどい放置や誤解の結果ではなく、芸術家の作品であることが私はわかったの」

私たちは交通量の多い交差点の信号のところで立ち止まり、道を渡るのを待っていた。日陰はなく、大気が鼓動するような車の流れの上で揺らめき、太陽が騒音の中で私たちの頭を無慈悲に打った。道の反対側には紫の雲のような大きな木々の並木道があり、木々の小さな森のような薄暗さの中に人影が見分けられた。人々はぶらぶら歩いたり、黒ずんだ幹の間やぎっしりと模様の付いた群葉の下のベンチに座っていたが、群葉の光と影の奥行きは、私が見れば見るほど、もっと入り組んだものになった。ぼんやりと前を見て、立っている女性としゃがんで足元の何かを調べている子供が見えた。ベンチの上で脚を組んで、新聞のページをめくっている男性がいた。ウェイトレスがテーブルに向かって座っている人にグラスを持って来て、少年がボールを蹴り、ボールは影の中にさっと過ぎ去った。

鳥たちが無感覚に地面をつついていた。その静かな林間のような場所と私たちが立っている雷のように轟く歩道の分離は、一瞬非常に絶対的のように思われたので、それはほとんど耐え難く、まるでそれは非常に基本的で克服できないので、それを正そうとする試みは結局無駄になるような混乱を表しているようだった。信号が変わり、私たちは渡り始めた。汗が私の背中に流れ、太陽の高鳴りの延長のように感じられる高鳴りが私の胸で始まったが、それはまるで私をその中に組み入れてしまうかのようだった。

私たちがパオラの話した教会に着くと、そこは閉まっていた。彼女は中に入る別の方法が出てくるのを期待するかのように、閉まった扉の前を行ったり来たりした。

「残念だわ」と彼女は言った。「私はあなたに見せたかった。それはありありと私の心に浮かんだの」とがっかりして彼女は言った。

私たちが立っている広場は、小さくて井戸のようで、太陽はじかにそこに降り注いだので、ほんのわずかの陰が、シャッターを下ろした建物の端の周りに残っていた。私は塀にもたれて、目を閉じた。

「あなた大丈夫?」とパオラが言うのを私は聞いた。

外の暑さと光の後では、レストランはとても暗く、真夜中のように感じられた。一番遠くの隅の、アルテミジア・ジェンティレスキの『洗礼者聖ヨハネの首を持つサロメ』の複製画の下に女性がテーブルに向かって座っていた。自転車のヘルメットが彼女の前のテーブルの上にあった。

「私たちはとても遅くなったわ」とパオラが言い、フェリシアは肩をすくめて、大きな口を半ばしかめ、半ば微笑んで、しかめっ面をした。

「それは重要ではないわ」と彼女は言った。

私たちは座り、パオラは私たちが回り道をして目的を達成できなかったことを説明し始め、フェリシアは眉をひそめて辛抱強く話を聞いていた。

「私はその場所を知らないと思うわ」と彼女は言った。

それはちょうど丘の下のところにあって、ほんの数百メートルしか離れていない、とパオラは言った。

「でも、あなたたちはタクシーで来た」とフェリシアは疑わしそうに言った。

それは暑さのためだ、とパオラが言った。

「あなたは暑い？」と彼女は明らかに驚いたように私に言った。「今はそんなに暑くはないわ」と彼女は言った。「一年のこの時期にはもっとひどくなり得るわ」

「でも、暑さに慣れていないと」とパオラは言った。「それは違った風に作用するのよ」

「それはあり得ると思うわ」とフェリシアは言った。

「ほんの少しぼーっとさせるのよ」とパオラは言った。「ワインのように。私はワインが飲みたいわ」とメニューに手を伸ばして彼女は付け加えた。「私は自分の立場を忘れたいわ」

フェリシアはゆっくりと頷いた。

「それはいい考えね」と彼女は言った。

彼女は背の高いほっそりとした女性で、長い青白い顔をしていたが、それはレストランのほの暗い光の中で深い影から彫られたように見えた。

「えーと——英語で何と言ったかしら?」とパオラが言った。「カラーを外しましょう」

「ゆるめる」とフェリシアが言った。「カラーをゆるめましょう」

「フェリシアのカラーはとてもぴったりしているわ」とパオラは言い、フェリシアは奇妙に半ば微笑み、半ばしかめっ面をした。

「そんなに悪くはないわ」と彼女は言った。

「とてもぴったりしている」とパオラは言った。「でも、窒息するほどではないわね。それはあなたを生き生きさせておくのに必要なのでしょう、違う? あなたはその方がもっと立派だわ」

「それは本当だわ」とフェリシアは言って、ウェイターがワインを置けるように、自転車のヘルメットを動かした。

「それは何？」とパオラが大きな声で言った。「あなたは自転車に乗っているの？」

「私は自転車に乗っているわ」とフェリシアは言った。

「でも、あなたの車はどうしたの？」とパオラが言った。

「ステファノが車を持って行ってしまったの」とフェリシアは言った。彼女は肩をすくめた。「結局、車は彼のものだわ」

「でも、車なしにどうやって対処できるの？」とパオラは言った。「あなたは遠いところに住んでいて、それは不可能だわ」

フェリシアは考えているように見えた。

「不可能ではないわ」と彼女は言った。「一時間早く起きなければならないだけよ」

パオラは頭を振って、小声で罵った。

「私を傷つけたのは」とフェリシアが言った。「車を持って行った彼の理由だった。彼は車に関してもう私を信用できないと言ったの」

「あなたを信用する？」とパオラが言った。

「取り決めでは」とフェリシアがゆっくり言った。「アレサンドラの面倒をみる者が車を持つことになっていたの。それで、もし週末ステファノが彼女を連れて行けば、車は彼女と一緒に行くの。でも、彼女はほとんど私と一緒にいるから、車は私のアパートの外に駐車したままになっている。何か車がおかしくなったら、ステファノは私がそれを処理するだろうと思っている。二週間前に」と彼女は言った。「車は全部新しいタイヤを必要として、タイヤを取り換えるのに私の月給のほとんど半分かかったわ」

「それで彼が有利になったのね」とパオラは言った。

「私がステファノの弁護士から手紙を受け取ったのはタイヤを取り換えた後だった。手紙には私の給料は車を持つことを正当化し、それを維持するのに十分ではないと書かれていたわ。私は車がなくなったことに気づかなかった」と彼女は言った。「私はアレサンドラを学校に送る準備をしていたけれど、手紙を読んだ後に窓から見ると、車はそこにないことがわかった。ステファノは自分の鍵を持っているのよ」と彼女は言った。「それで、彼は夜に来て、私たちが寝ている間に車を持って行ったに違いないことに私は気づいた。私はその日予定がびっしり詰まっていて、まったく車を当てにしていたので、彼が私に警告しなかったことにショックを受けた。でも、また」と彼女は言った。「私は無意識に車から安心と正当性の感覚を受けていたことに気づいた。何故なら維持するのにはお金がかかるけれど、車をステファノと共有する事実は、ある種の保護の感覚を私に与えるように思われたからだった。窓から外を見て、車があった何もない空間を見るまで、私は思い違いにしがみついていた。そしてその時でさえ」と彼女は言った。「私は思い違いをしたままだった。何故なら何か間違いがあるに違いないと思って、私は受話器を取って、ステファノに電話をかけたから。彼はとても冷静だったわ」と彼女は言った。「そして、彼はまるで与えられた罰の説明をされなければならないいたずらな子供のように、私に話して、私が泣き始めると、彼はさらにもっと冷静になり、私が自制心がないためにこうした不幸を自分にもたらしたことはとても悲しい、と言った」

「でも、それは完全に間違っているわ」とパオラが叫んだ。「あなたが子供の面倒をみているのだから、車が必要だとあなたの弁護士が主張できるわ」

フェリシアはゆっくりと頷いた。

「私もそう思った」と彼女は言った。「その種の会話はとてもお金がかかるけれど、それで、私は彼女に電話すると、彼女は一つの問題、車の書類に誰の名前があるかの問題しかない、と言った。彼女によれば、私ができる精神的な主張はまったくないということで、私はそのことが信じられず、私たちは長時間話すことになり、それで何にもまして料金がかさみ、多額の請求書になったわ。私はステファノが善悪を基準にして何も行わず、法律が許すことに従って行動することを知っておくべきだった」と彼女は言った。「私は正当性を基準にして考えるのに、彼は法律が武器として使えることを知っているのよ」

「ステファノがそんなに頭が良いのはあなたにとって不幸ね」とパオラが言い、フェリシアは微笑んだ。

「私は確実に頭の良い人を選ぶようにしたのは本当だわ」と彼女は言った。

「バカニーアは建物を破壊するために鎖の先の大きな球を使うように法律を使ったわ」とパオラが言った。「それは扱いにくくて、非常にごたごたして、結局何も残らなかった。他の人を殺すことが合法になっても」と彼女は言った。「私は一分も経たないうちに扉をノックする音を聞き、それは彼でしょう。何故なら彼は自分を危険にさらさないような小さいやり方で喜んで法律を破ってきたけれど、私を殺す楽しみのためでさえ、私のために懲役刑に服するという考えは好きではないから」

フェリシアは椅子に深く座って、ワイングラスを膝に置き、彼女の物悲しい微笑みが影の中に見えた。

「ワインはとても良いわ」と彼女は言った。「ワインは私を眠ることができるように感じさせる」

「あなたは疲れているのよ」とパオラが言い、フェリシアは頷いて、半ば目を閉じて、まだ微笑んでいた。

「今朝」と彼女はゆっくり言った。「六時に起きて、七時にアレサンドラを学校で降ろし、八時に翻訳を教えている大学に授業をするために自転車で行った。それから自転車で戻って、英語とフランス語を二クラス教えている郊外の学校に電車で行った。ただ一つ問題は」と彼女は言った。「他の教師の一人が今日欠席だったので、いつもの二倍の学生がいて、試験をすることになっていたので、採点するために二倍の数の答案を家に持って帰ることだった。私はそれをどのようにして自転車で運べるかわからなかった。私が思いついた解決策に私はとても満足した」と彼女は言った。「それは答案の束を席に括り付けて、立って家まで自転車で帰ることとだった。それから」と彼女は言った。「ここに来る前に、私は電車で街に行き、翻訳された文書を分類することについて話すように頼まれていた図書館に行った。アレサンドラは今朝体調が良くなかった」と彼女は付け加えた。「それで、彼女を連れに来るようにという学校からの電話を半ば予想していたけれど、私の予定は完全に詰まっているので、その場合はどうしたらいいかわからなかったけれど、運よく電話はかかってこなかった」

「でも、別の電話を受けたわ」とフェリシアは言って、椅子を後ろに傾け、壁に頭をもたせかけた。「それは母からで、彼女は私のためにとっておくことに同意した箱や小さい家具を保管するのに飽きたので、その日の終わりまでに私が来て持って行かなければ、そうしたものを通りに出すだろうと言った。私は彼女に思い出させた」と彼女は半ば微笑み半ばしかめっ面をして言った。「私は友達のアパートにいるので、そうしたものを置く場所はどこにもないし、取りに行くための車も今はないけれど、彼女の家には誰にも迷惑をかけずに置いておかれる大きな屋根裏部屋があることを。彼女は私のものを屋根裏部屋に置いておくことに飽きたと言い、その日の終わりまでに私が取りに来なければ、そうしたものを通りに出すだろうと繰り返して言った。私が人生を台無しにしてしまい、住むまともな家さえないのは彼女の責任ではなかった。あなたは良い家庭の出身だけれど、と母は言った。子供を放浪者のように暮らさせようとしている。私は彼女に言った。ママ、あなたにとっては違っていた。パパがすべてのことを処理して、あなたは働く必要もなかった。そして、彼女は言った。そうよ、あなたの平等があなたのためにしたことを見てごらんなさい——男性たちはあなたをもう尊敬せず、自分の靴の汚れのようにあなたを扱う。あなたの従姉妹のアンジェラは働いたことがなかった、と母は言った。そして彼女は二回離婚して、イギリスの女王よりお金持ちよ。何故なら彼女は家にいて、子供たちの面倒を見て、彼らを自分の宝のように扱ったから。でも、あなたは家もお金も車さえない、と彼女は言った。そしてあなたの子供は孤児のように見えて、通りを歩き回る。あなたは彼女の前髪を切ることさえしない、と母は言った。それで髪が目を覆うので、彼女はどこに行くのか見えない。でも、ママ、ステファノが彼女の髪をそんな風にしておくのが好きで、切るなと言い張るので、私にできることは何もない、と私は言った。すると、男性に自分の子供の髪をどうするか指図することを許すような女性を産んだなんて信じられない、と彼女は言った。そして彼女はもう私の所有物を家に置いておきたくないと繰り返し、電話を切ったわ」

「昨夜」とフェリシアは言った。「友達が、アレサンドラが前に会ったことのない女性がアパートに訪ねて来た。私たちは私の仕事について話していて、アレサンドラが急に話を遮った。ママはいつも仕事の話をしている、と彼女は私の友達に言った。でも実際、それは仕事じゃないわ――ママが仕事と呼ぶものは他の人が趣味と呼ぶものだわ。彼女がするのは、座って本を読んでいるだけなのに、それを仕事と呼ぶのは少し冗談だと認めません？とアレサンドラは友達に言った。そして、友達は認めない、翻訳はただの仕事ではなくて芸術だ、と言った。アレサンドラは彼女を見て、それから私に言った。ママ、アパートにいるこの人は誰？　彼女は良い格好をしていないわ、とアレサンドラは言った。実際、彼女は魔女みたいに見える。私の友達は笑おうとしたけれど、私は彼女がこんな風に、特に五歳の子供から話しかけられてとても狼狽していることに気づいた。そして、私はアレサンドラの前でこれがステファノが私の子供に私に対して偏見を抱かせ、彼女を彼の無礼な性格でいっぱいにすることによって、復讐をしているやり方だ、と説明することができなかった。私は覚えている」とフェリシアは言った。「ステファノと私が最初別れた時、ステファノは子供を一日連れて行って、彼女を戻さなかった。彼は数時間だけ彼女と過ごすことになっていたけれど、彼は十日間も彼女を留めて、私の電話やメッセージに応えようとしなかった。その十日の間、私は心配で頭がおかしくなりそうだった。私は一度に数分以上眠れたとは思わないいし、閉じ込められた動物のように、アパートを行ったり来たりして、この状況が終わるのを待っていた。後になってから」と彼女は言った。「そうした日々に私が耐えた苦しみは、責任感の苦しみではなかったことがわかった。それはステファノと私の戦いの結果ではなく、むしろ子供と私に対する計算された残酷さの結果だった。彼がアレサンドラを盗んだのは力を見せるためであり、彼の力を私に証明し、彼は自分が選ぶ時に彼女を連れ去り、戻すことができることをはっきり示すやり方だった。もし私たちが肉体的に戦ったら」と彼女は言った。「彼は同じように勝つでしょう。そしてそれは、子供を自由に連れ去ることによって、彼が私にはっきりさせたこと、私が力を持っていると思っていたら——それが母親の古くさい力であったとしても——私は完全に間違っていることをはっきりさせたことだった。実際、私にしてきたことは、私の権利をすべて失わせ、まず第一に彼はそのことを私に示し、私を彼の奴隷にしたに過ぎなかった。あなたの本の一冊に一節がある」と彼女は私に言った。「そこで、あなたは同じように忍耐強い何かについて述べていて、私はそれが間違って壊すか、台無しにするかもしれない脆いもののように、それを注意深く、非常に用心して翻訳した。何故ならこうした経験は私のものと似ていて、ある人の言葉は相手の言葉に敵対するものだったから。どの言葉も間違って訳さないことが重要だった」と彼女は言った。「そして後になって、あなたはこの不完全な現実を書くことによって正当化したのに対して、私はそれを別の言語に置き換え、それが生き残ることを確認することによって、またそれを正当化したと感じた」

「私たちは生き残るわ」とパオラは言って、中を見るために空のワイングラスを傾けた。「私たちの体は男たちが使うより長持ちして、それが彼らを一番悩ませることよ。こうした体は存在し続け、年取って、醜くなり、彼らが聞きたくない真実を語る。バカニーアはこれほど年月が経ってもまだ私を追いかける」と彼女は言った。「私が生命のしるしを示す時はいつも、必ず彼はそこにいて、それを潰そうとする。私の頭はワインでぐるぐる回っているわ」と彼女はいたずらっぽい微笑みを浮かべて付け加えた。「丁度彼が私の髪を持ってぐるぐる回したように。ただし、今は痛くはないわ。それは復讐よ、違う？　彼が私の髪を引っ張った時、とても痛かった」と彼女は言った。「それで、代わりにワインで頭がぐるぐる回って、目の前に皿に載った切られた男の首の絵がある時に、こうしたことを話すのは良いわ。私がわからないのは」と彼女は私に言った。「あなたはわからなければならないことをわかっているのに、何故また結婚したかということよ。あなたはそのことを文書にした」と彼女は言った。「そして、それにはすべての法律がかかわってくるわ」

私は法律の中で生きて、法律に勝ちたいと思う、と言った。私の上の息子はかつて壁のあの絵の模写をした、と私は言った。ただし、彼は細部を全部省き、形と形の間の空間的関係だけを配置した。面白いことは、と私は言った。こうした細部やそれに関連付けられる物語がないと、絵は殺人ではなく愛の複雑さの習作になったことだった。

パオラはゆっくりと首を振った。

「それは可能ではないわ」と彼女は言った。「こうした法律は男性のため、そして多分子供のためにあるのよ。でも、女性にとっては、それは砂浜の砂の城のように、幻影に過ぎなくて、それは結局子供が彼もまた男になれるまで、一時的な建物を作ることによって、自分の特質を示すやり方に過ぎない。法律では、女性は陸の永続性と海の激しさの間の一時的なものだわ。見えない方が良いのよ」と彼女は言った。「法律の外で生きる方が良いのよ。えーと、英語で何と言ったかしら？」

「無法者」とフェリシアは影の中でにっこり笑って言った。

「無法者」とパオラは満足して言った。彼女は空のグラスを上げて、フェリシアのグラスにあててカチンと鳴らした。「私は無法者として生きることを選ぶわ」

タクシーの運転手は私を降ろした道から浜辺への行き方を示し、遊歩道を越えて歩き続けなければならないことを伝えるために、大雑把な身振りをしたが、遊歩道は砂山の間を曲がって見えなくなっていた。午後の空虚な激しい暑さが衰え始めていて、砂浜と境界をなす低い塀の白いセメントに、迫ってくる影の鋭い線を背にして日中のギラギラする光の名残があった。砂山の向こうから鈍い海の音が聞こえ、海は見えなかったけれど、突然海の重さと広がりを感じた。

私の携帯電話が鳴り、画面は下の息子の名前を示していた。

「ちょっとした災難があったんだ」と彼は言った。

話して、と私は言った。

それは昨夜遅く起こった、と彼は言った。彼と何人かの友達が誤って火事を起こした、と彼は言った。損害がいくらかあり、結果がどうなるか心配していた。

母さんは遠くにいるので、電話しても無駄だ、と彼は言った。でも、僕は父さんとも連絡が取れなかったんだ。

私は彼が大丈夫かどうか尋ねた。私は一体全体どうしてそれが起こったのか、彼は何を考えているのか、と尋ねた。

「フェイ」と彼は怒りっぽく言った。「ただ聞いてくれる？」

彼ともう一人の少年と少女がその晩友達のフラットにいた。そのフラットは地下にジムとプールのある建物の中にあった。真夜中頃、彼ら三人は泳ぎに行こうと決めて、タオルと水着を持って下に行った。彼らは更衣室を使ったが、少年たちが男性用の更衣室を出た時に、扉が勢いよく閉まって、鍵がかかった。もう一人の少年がタオルをそこのヒーターの上に掛けてきた。数分の間に、彼らは更衣室の窓からタオルに火がついたのを見た。長い柄のついたプールの掃除用具が壁に立て掛けてあった、と私の息子は言った。そして僕はそれを掴んで、窓を破り、何とかタオルを引っかけて、窓からそれを引き戻し、僕たちは火を消した。いたるところに、ガラスの破片があり、プールは煙で一杯で、それから警報が鳴り、人々が走って入って来始めた。彼らは僕たちに向かって叫び、建物を破壊したことで僕たちを非難し、僕たちは何が起こったか説明しようとしたけれど、彼らは僕たちの言うことを聞かなかった。他の二人はガラスを踏んだ、と彼は言った。そして彼らの足から血が出て、とても怖かったので、彼らは泣いていたけれど、人々は僕たちに向かってただ叫び続けた。彼らの一人は上の階のフラットで寝ていた自分の子供たちについて話していた、と彼は言った。実際、彼らは目を覚ましていなかったけれど、子供たちが目を覚ましたら、寝室に煙がいっぱいあるのを見て、どんなにショックを受けただろうか、と彼は言い続けた。彼らは僕たちの名前と住所を書き留め、警察を呼ぶと言った、と彼は言った。そしてそれから、彼らは去って行った。僕たちはそこに留まって、ガラスを全部片づけ、僕は他の二人の足からガラスの破片を取るのに何時間も使った。彼らは二人ともとても動転していた、と彼は言った。それからしばらくして、僕は彼らに家に帰るように言い、僕はここで警察が来るのを待つ、と言った。僕はずっと待ったけれど、警察は来なかった、と彼は言った。僕は一晩中待って、結局そこを離れ、学校に行った、と彼は言った。

彼は泣き始めた。

一日中、僕は誰かが来て、クラスから僕を呼び出すだろうと思っていた、と彼は言った。僕はどうしていいかわからない。

私は夜にプールで泳ぐことは許されているかどうか尋ねた。

うん、と彼は泣きながら言った。人々はいつでも泳ぐよ。そして扉に関しては僕たちの責任じゃない。何故なら友達がそれは壊れていて、関係者がそれを直すつもりだった、と言ったから。タオルをヒーターに置いたのは馬鹿だったことはわかっているけれど、そうしてはいけないという標示はなかったし、タオルに火がつくとは思わなかったんだ。警察がどうして来なかったか僕はわからない、と彼は言った。僕は警察に来て欲しかったと思う。今僕はどうしていいかわからないから。

警察が来なかったのは、と私は言った。あなたたちは何も悪いことをしなかったからよ。

彼は黙っていた。

実際、と私は言った。あなたは喜ぶべきだわ。プールの掃除用具を使ったのは良い考えで、そうしなければ、建物に火がついたかもしれないから。

僕は手紙を書いた、と彼は間もなく言った。僕は休み時間に手紙を書いたのだ。手紙は起こったことを全部説明している。僕は手紙をそこに持って行って、人々が読むように置いて来ようと思った。

沈黙があった。

いつ帰って来るの？　と彼は言った。

明日、と私は答えた。

そっちに行っていい？　と彼は言った。時々僕は何かの縁から落ちそうになり、何もなくて、僕を受け止めてくれる人は誰もいないように感じるんだ。

あなたは疲れているのよ。一晩中目が覚めていたのでしょう。

僕はとても孤独だ、と彼は言った。でも、僕にはプライバシーがない。人々は僕がそこにいないかのように行動する。僕は何でもできるだろう、と彼は言った。僕は手首を切ることができるけれど、彼らはわからないし、気にしないだろう。

それはあなたの責任ではないわ、と私は言った。

彼らは僕に物事を尋ねる、と彼は言った。でも、彼らはそのことを結び付けない。彼らは僕がすでに言ったこととそれを関係づけないのだ。ただこうした意味のない事実があるだけだ。

あなたはあなたの話をみんなに話すことはできないわ、と私は言った。多分一人の人だけに話せるでしょう。

多分、と彼は言った。

来たい時にいらっしゃい。あなたに会うのが待ち遠しいわ。

空はくすんだ赤になっていて、そよ風が強くなり、砂山の間の乾いた草を前後に揺すった。遊歩道には人気がなく、私は浜辺に出るまで道をたどった。そこは荒涼としていて、ごみが散らかり、そして海は波立ち、大きな音を立ててぶつかっていたが、浜辺は海の方に緩やかに傾斜していた。ここでは風がさらに強く、砂山は長く伸びた山のような影をざらざらした灰色の砂に投げかけていた。影の中に私はうずくまったり、立ったり、座ったりしている人の姿を見た。彼らはほとんどが二人一組で、じっとしているか、何か単純な仕事に打ち込んでいるかのように、親しげに熱中して動き回っていた。少し離れたところに、流木を燃やした火があって、風が煙を渦巻いて上の方へと送った。火の回りにはもっと人が集まっていて、彼らの煙草の火のついた先が、薄暗い光の中で鋭いオレンジ色の点になった。時々会話の低い声が聞こえたが、風と海のぶつかる大きな音がそれを消した。

私は人影の中を浜辺を歩き始めた。彼らは男性で、裸か時には素朴な腰布を着けていた。彼らの何人かはまだ少年だった。私が通る時、彼らはほとんど黙っているか、目をそらすか、私を見ないようだったが、一人か二人はあからさまに、無表情で私をじっと見た。驚くほど美しい少年が私の目をちらりと見て、それから目をそらし、顔を仲間のずんぐりした筋骨たくましい肩に恥ずかしそうにうずめた。彼はひざまずいて、彼の臀部の丸い形がもう一人の男の大きな手の下に見えた。私は歩き続け、火の周りに集まっている集団を通り過ぎ、彼らは森の中の驚いた動物のように向きを変えて私を見た。奇妙な赤い光が、黄色と黒に染まった大きなしみのような空に広がっていた。遥か遠くに、造船所と郊外の建物が寄せる波の不明瞭な靄の中にぼんやりと立っていた。私は誰もいない砂浜を見つけて、服を脱ぎ始めた。数フィート先に、海が絶えず動き、赤と灰色の縞をつけてうねり、泡立っていた。砂山の向こうでは風がもっと強く、細かい砂の雨が私の肌に吹き付けた。

私は水に入って行き、ぶつかる波の中を素早く前に押し進んだ。浜辺はとても急角度に傾斜していたので、私は直ぐに動く広がりの中に巻き込まれ、その深さと力は私を楽々と表面に浮かせるように思われたので、私はうねりと共に浮いたり、沈んだりした。男たちは向きを変えて私を見ていた。その中の一人が立ち上がったが、彼は大きいカールした黒い顎髭をはやし、腹部は丸くなっていて、腿はハムのような、とても大柄なたくましい男だった。ゆっくりと彼は水の縁の方に歩いて来て、微笑んだ彼の白い歯は顎髭の間で微かに光り、彼の目は私の目をじっと見ていた。私は浮いたり沈んだりしながら、停止した距離から彼を見返した。彼は波が砕けるところで立ち止まり、まばゆく、にっこり笑いながら神のように裸でそこに立っていた。それから、彼は厚みのあるペニスを掴んで、水の中に小便をし始めた。小便の流れはとてもたくさん出てきたので、彼が海に投げ入れている金色の綱のような平たいキラキラ輝く噴出物になった。彼は悪意のある喜びに満ちた黒い目で私を見て、金色の噴出物はもうそれ以上ないと思われるまで、絶え間なく彼から流れた。海水はまるで私が何かため息をついている生き物の胸の上に横たわっているかのように、うねりながら私を支え、男は海に小便をした。私は彼の残酷で陽気な目をのぞきこみ、彼が止めるのを待った。

訳者あとがき

本書はレイチェル・カスク（Rachel Cusk）の二〇一八年に出版された*Kudos*（Faber &Faber, 2018）の全訳である。

カスクは一九六七年にカナダのサスカチュワンで生まれ、幼少期をロサンゼルスで過ごし、一九七四年に英国に移った。彼女はオックスフォードのニュー・カレッジで英文学を専攻した。彼女は画家のシーモン・スキャメル＝カーツと結婚して、二人の娘と共にロンドンとノーフォークで暮らしていたが、現在はグッゲンハイム・フェローで、パリに住んでいる。これ以前に彼女は写真家のエイドリアン・クラークと結婚したが、二〇一一年に離婚した。この離婚がその後の彼女の作品の主なテーマになった。

彼女は十の小説と三作のノンフィクションを出版しているが、二〇〇三年に雑誌『グランタ』により二十人の優秀な若手英国作家の一人に選ばれた。三部作の第一作『愛し続けられない人々』はゴールドスミス賞、フォリオ賞、ベイリーズ賞の候補になり、『ニューヨーク・タイムズ』紙の二〇一五年の刊行書籍のうち、優秀十作の一つに選出された。また、同年、彼女はエウリピデスの『メディア』を戯曲化して、アルメイダ劇場で上演され、スーザン・スミス・ブラックバーン賞の候補になった。

『二つの旅　いくつもの人生』はフェイを語り手とする三部作の最終作である。この作品も前の二作と同様にフェイと彼女が出会う様々な人々の会話から成り立っている。この作品では、フェイは文学の催しに出席するためにヨーロッパへ向かうが、二つの都市で彼女が出会う作家や出版者の人やジャーナリストたち等との会話が描かれている。

第一作と同様に『二つの旅　いくつもの人生』の第一部は、フェイと飛行機で隣に座った男性との会話で始まる。国際的な企業を退職したばかりの非常に背の高い男性は、自分の経歴や家庭生活、ヨーロッパの音楽祭でオーボエを演奏する娘や家庭で長いこと飼っていて癌になった愛犬の死と埋葬について話す。

ホテルに着いたフェイは出版社の人に会い、彼はいかにして出版社の業績を上げたか、また出版界の実情や読者について語る。そこに別の作家のリンダが加わり、イタリアの伯爵夫人の保養所で過ごした退屈な体験やそこで小説を書けるようになったきっかけや飛行機で隣に座った、吹雪で落下してほぼ全身の骨を折ったスキー・ガイドの女性について話す。

リンダと共に出席した文学の催しの後で、フェイはホテルの庭でインタビューをするジャーナリストに会うが、彼女たちは十年以上も前に会ったことがあり、フェイは彼女が教会の鐘の音が印象的な自分の住む町について語ったことを覚えている。今回、彼女は自分の姉の破綻していく結婚の様子を語り、フェイには何も質問せず、彼女が再婚したことを読んだ、とさりげなく言う。

その晩フェイは街で行われるパーティーに出席するが、文学の催しの主催者の息子の若い青年ハーマンが作家たちをホテルからパーティー会場へと案内する。彼は数学と科学を専攻し、最も優れた男子と女子学生に与えられる賞を受賞したことをフェイに話すが、その賞はこの小説の原題になっている「栄誉(クドス)」と呼ばれることを彼女に告げる。フェイの息子から最終試験が上手くいったという電話がかかってきたことをきっかけに、二人は子供の人格形成について話し合う。パーティー会場で会った金持ちの女相続人のゲルタは、文学の催しは文学作品そのものには及ばない、と言う。彼女はフェイに作家のライアンを紹介するが、彼は第一作の『愛し続けられない人々』の中でフェイと共にアテネで夏期の講座を教えたので、二人は知り合いである。だが、フェイは最初痩せて杖をついた彼が誰だかわからない。彼もそのことに気づいていて、妻のプレゼントのスマート・ウォッチをきっかけに食事と運動で体重を半分に減らしたことを話す。また、教え子と一緒にペンネームで出版した本がベストセラーになったことを語る。

第二部では、フェイはヨーロッパの南部の国で行われる別の文学会議に出席するが、ホテルは郊外にあり、作家たちは催しや食事のために街にバスで行かなければならない。バスを待つ間に、フェイは作家で翻訳家のソフィアと知り合い、彼女は離婚していて、子供が自分で考えて、決めるように育てていることを話す。ソフィアはルイスという「郊外の普通の生活」を描いて賞を取った作家をフェイに紹介するが、彼も離婚していて、子供に本を読ませようとするが、子供は無気力で、菓子を食べながらテレビを見ているだけである、と言う。食事の席で、ウェールズの作家は過去のウェールズの生活を再現する小説を書いていることを話す。

翌日、フェイは編集者のパオラが取り決めた三つのインタビューをかつては本屋であった豪華なホテルで受ける。最初の評論家はインタビューする人の本を全部読み、難解な作品に刺激されると言い、批評の方法論と現代文学について語る。二番目のインタビューはテレビに出演するもので、インタビュアーはフェミニストの女性である。彼女は人一倍努力してきた自分の人生と画家で彫刻家のルイーズ・ブルジョワと画家のジョアン・アードレーについて話す。ブルジョワは小さい子供の母親だった時に作成した作品で自分をクモとして表現しているが、それは母親の状態がどんなものであるかを伝えるだけでなく、それらは男性の描くマドンナ像とは対照的である、と彼女は語る。また、アードレーはグラスゴーのスラム街で出会った男性の横になった裸体像を描いているが、それは男性が女性を同じポーズで描く歴史の誤りを証明している、と彼女は言う。三番目のインタビュアーはフェイに太陽の下で暮らすことを勧めるが、彼だけが彼女に話させる。フェイは離婚した後、息子が一時期自分のいる場所を求めてにぎやかな友達の家に入り浸ったが、やがてそこに行くことを止めたことを話す。

インタビューの後、フェイはパオラと共に街のレストランに徒歩で行くが、途中で五十年前に火事で焼けたが、内部はそのままで礼拝の場所として使用されている教会をパオラはフェイに見せに行くが、そこは閉まっていた。レストランでは、フェイの作品を翻訳しているフェリシアが同席する。パオラもフェリシアも離婚している。パオラは妊娠していることを隠して離婚し、もはや男性を必要としない、と言う。フェリシアは子供の世話をする者が車を持つという条件で別れた夫と車を共有しているが、彼が車を持って行ってしまったために、大変な一日を過ごしたことを語る。

その後、フェイはタクシーで海岸に行くが、海岸を歩いている時、イギリスの父親のところにいる息子から電話がかかってくる。彼はアパートの地下にあるプールの更衣室でヒーターにタオルを掛け、火事を起こしそうになったことをフェイに話す。動揺する息子を彼女はそういうことは一人の人にしか話せない、と言って慰める。

海岸には男性しかおらず、彼らはみな裸である。フェイも服を脱ぎ、海に入る。すると一人の男がにやにや笑いながら海に近づき、そこで小便をする。

この奇妙な結末について、カスクは『ニューヨーカー』のインタビューで、次のように述べている。

それには理由があります。それは暴力ではありませんが、区別と相違の要素を受け入れることだと思います。この男女の問題は、(中略) 女性がどんなものであれ、彼女たちは社会的に不利な立場にあるという結論を私は下さなければなりませんでした。私はそのイメージだけでなく、その感覚、犠牲者であることの感覚を見つける必要がありましたが、それは子供を産み、育て、守ることと非常に関係があります。それはますます分かち合った世界になり、誰もそれを所有せず、いつも変わっています。でも、その基本違いは性そのもので、それは暴力的ではありませんが、そのように見えます。それで結末は本当にそうなのです――それは粗野で素朴だと思います。そして、それは生殖器や肉体に関するものだ、と私は思います。

この作品では文学や評論や出版の話題が多いが、男性と女性の関係や子育ての問題も頻繁に話される。登場する多くの女性が離婚していて、別れた夫がヨットの競争やテニスなどをして自由に遊んでいるのに対して、彼女たちは子供のために家に閉じ込められていると感じる。彼女たちはある意味で犠牲者である。
フェイも離婚を経験して、寂寥感や孤独を感じてきた。だが、この作品では、パオラに「あなたは知らなければならないことを知っているのに何故また結婚したのかわからない」と言われるが、彼女は再婚している。二人の息子も十代になり、一人はもうすぐ大学に進学する。彼らは嬉しい時や困った時に彼女に電話してくる。そして二人とも「いつ帰ってくるの？」と彼女に尋ねる。頼りにされる母親として彼女は満足しているのではないだろうか。

このように、この作品は男女の関係の複雑さ、結婚と離婚とそれに伴う女性や子供たちの苦しみ、そして母親であることを主題の一つとして扱っていることは間違いないだろう。

この作品を紹介し、英文の解釈に関して助言してくださったフィリップ・クレイナー氏に感謝する。本書を出版するにあたって全面的にお世話になった図書新聞の井出彰氏にもお礼を申し上げたい。

二〇二一年六月

榎本義子

榎本義子（えのもと・よしこ）

1942年神奈川県生まれ。早稲田大学文学部卒業。ニューヨーク市立ブルックリン・カレッジ修士課程修了。フェリス女学院大学名誉教授。

著書に『女の東と西——日英女性作家の比較研究』（南雲堂）、『比較文学の世界』（南雲堂、共編著）、『ペンをとる女性たち』（翰林書房、共著）他。

訳書にA・カーター『花火——九つの冒瀆的な物語』（アイシーメディックス）、『ミスZ——オウムさがしの旅』、『ホフマン博士の地獄の欲望装置』、R・カスク『愛し続けられない人々』、『ロンドンの片隅で、一人の作家が』（いずれも、図書新聞）、『キダー公式書簡集』（フェリス女学院）、『キダー書簡集』（教文館、共訳）他。

レイチェル・カスク著

榎本義子訳

二つの旅　いくつもの人生

2021年7月30日　　初版第1刷発行

著　者　　レイチェル・カスク
訳　者　　榎本義子
編集者　　井出彰
カバー　　東海林ユキエ・砂絵工房
発行者　　西巻幸作
発行所　　株式会社 図書新聞
〒162-0054　東京都新宿区河田町3-15
TEL 03(5368)2327　FAX 03(5919)2442

ISBN978-4-88611-482-2　C0097